私はもう
絵を 描かない
……そう思っていた
きみに出逢うまでは
はぁ はぁ
ガラ
わりい
ちょっと
かくまってて！
あ
あの…
ぐっ
少し怖かった
だけど
きみの手は
優しかったんだ

JN179886

…というわけで
新入部員の
野上新《のがみあらた》
問題児だけど
よろしく
頼むよ
………よろしく
………よろしくね
ノガミくん
派手なTシャツ
明るい髪色
色の神様に
好かれたきみは
本当に
鮮やかに見えたんだ

……ミウが抱えてるもの
俺に吐き出してよ
全部受け止める
ミウのその
目の前にいるきみのことが
心の中にあるもの全部
いとしくて
すべて吐き出したら
……わたし
ノガミくんと出逢えてよかった
涙とともに流れてしまう気がした
全部受け止めるなんて
そんなの無理だよ
いつか
話聞いてくれる？
きみは
私とは正反対だから――…

私ね
きみに伝えたいことが
たくさん　たくさんあるよ
私がちゃんとこの想いを描けたら
きみは
私の話をきいてくれますか――？

野いちご文庫

世界はきみに恋をしている。

野々原苺

STARTS
スターツ出版株式会社

時間が止まったんじゃないかと思った。周りの音が一瞬《いっしゅん》消えて、世界がまるで自分ひとりだけになってしまったような感覚。それくらいの衝撃《しょうげき》だった。

差し出されたその絵に、俺は声を発することもできなかったんだ。

ただ、ただ、その絵から、目をそらすことができなくて。

一瞬にして目を奪《うば》ったその絵は、心臓をぐちゃりと握《にぎ》りつぶすように俺をとらえて離《はな》さなかった。

——ああ、きみを。

胸の奥《おく》で高鳴るこの音を。あふれ出るこの感情を。俺をとらえたこの色を。

今すぐにすべてを抱《だ》きしめたい。

きみが笑ってくれる、この世界で。

contents

タケちゃん

美術部の顧問。
46歳のおじさん教師。

春《はる》日《ひ》香南《かな》

ミウと同じ美術部員で親友。
はっきりとした性格で美人。

野《の》山《やま》実《み》羽《う》

高2。小柄でふわふわした印象の女子。
廃部寸前の美術部員だが、
過去の出来事が原因で
絵を描けなくなった。

浅《あさ》井《い》葉《は》月《づき》

ミウの先輩で美術部だった。
ミウの過去の傷に大きく関係している…？

characters★

宮《みや》瀬《せ》星夜《せいや》

幽霊部員ばかりの写真部の部長。
無口でいつも眠そうだけど、
知識が豊富。

野《の》上《がみ》新《あらた》

派手な髪色、服装の個性派男子。
クラスでの生活態度が原因で
タケちゃんに無理矢理、
美術部に入部させられた。

川《かわ》嶋《しま》愛子《あいこ》

写真部の後輩。
ピンク大好きな個性派女子で
カメラをいつも首からぶらさげている。

プロローグ

九月中旬《ちゅうじゅん》、天気は晴れ。学校の北校舎、一番奥の美術室。

「準備完了《かんりょう》！　あー早くこないかなあ、新入部員！」

コンビニで買ってきたお菓子《かし》を机の上に並べ終えてそう言うと、すかさず隣《となり》から「いい子だといいけどね」なんてイヤミっぽい言葉が飛んでくる。どうやらめんどくさがりのカナにとっては、こんな時期の新入部員なんてうれしいニュースじゃないらしい。

部員数たったのふたりというこの廃部《はいぶ》寸前の美術部に、新入部員がやって来るという願ってもないビッグニュースが飛びこんできたのは今朝のこと。この美術部の顧問《こもん》である四十六歳《さい》おじさん教師、通称《つうしょう》タケちゃんが、「今日は新入部員を連れてくるぞ」なんて言いだしたのだ。

正直信じられないけれど、こうやって歓迎会《かんげいかい》の準備をしている程度には楽しみにしている。

「ね、どんな子だと思う？　仲よくなれるかなあ……」

私の問いかけに、もうひとりの部員であるカナは「どうかな」なんて苦笑いを浮《う》かべている。

今まで何回も見学に来た子がいたけれど、いつも〝入部〟までには至らない。結局いまだに部員は私たちふたりだけなのだ。それは、私たちの活動内容に問題がある気がしないでもないんだけれど。

タケちゃんが「見学者」ではなく「新入部員」と言ったのは、きちんと入部する意思があるってことなんだろう。それってすごくうれしいことだ。

「私、絶対仲よくなってみせる！」

「まあふたりも三人も変わらないけどね」

カナは、きれいな顔立ちとは正反対に言動はとても男らしい。というか、ハッキリした性格だ。それだけに、色白で手足も長い完璧《かんぺき》なルックスのカナ目あてで美術部に入部したいっていう男の子も前はけっこういたんだけれど、カナが全部断ってしまったんだ。

今となっては本当に惜しいことをしたなあと思う。やっぱり人数が多いほうがなにかと楽しいだろうし。

「それにしても、タケちゃん遅《おそ》くない？」

そう言ったカナと同じタイミングで時計を見る。時計の針はすでに五時を回ろうとしていた。

今朝タケちゃんは、四時半にここへ新入部員を連れてくると言っていた。それなのに、一向に来る気配がしないじゃないか。

「んー、タケちゃん道に迷っちゃったのかな？」

「そんなわけないでしょ。私ちょっと捜《さが》してくる。ミウはここで待ってて」

カナがそう言って席を立つ。美術室を出ていくカナの背中を見送りながら、机に並べたお菓子をつまみ食いした。

部員が三人になったら、今よりもっと楽しいだろうな。

新入生の子はいったいどんな子だろう。タケちゃんによると、私たちと同じ二年生らしい。知っている子だったりして。全然知らない子だとしても、得意の人見知りを発揮してしまいそうでとても怖《こわ》いんだけれど。

お菓子をつまみ食いするのもほどほどに、一回ぐっと腕《うで》を伸《の》ばしてから椅子《いす》から立ち上がる。

カナも帰ってこないし、タケちゃんがやって来る気配もない。

この広い美術室でひとりは寂《さみ》しいなあと思いながら、あてもなくとことこと歩いて部屋のまん中に立ってみる。

静かな教室内。

再び椅子に座り、窓の外でする野球部の声に耳を澄《す》まして目を閉じた。遠くのほうから吹奏楽部《すいそうがく》の楽器の音や、テニスコートでラケットにぶつかるボールの音も聞こえてくる。

そんな、耳を澄まさないと遠くの音が聞こえないような静かな空間に、異質に混ざった雑音があることに気づいて息を押《お》し殺した。

――バタバタッ。

初めはほんのかすかな音だったそれは、どんどん大きくなって近づいてくる。

誰かが全力疾走《しっそう》でこっちまで走ってきているんだ。

もしかしたらタケちゃん？　それともカナ？

すると突然《とつぜん》、ガタリ、と音がして思わず肩《かた》がびくりと跳ねた。普段《ふだん》授業以外でほとんど使われることのない美術室の扉《とびら》がいきなり開いた音。

おそるおそる目を開けてふり返ったその瞬間、私は息をのんだ。

なぜならそこには、――一瞬で目を奪われるようなとても奇抜できれいな男の人が立っていたからだ。

美術室の奥に座った私に気づかない彼《かれ》をじっと見つめる。

金髪《きんぱつ》に近いほど色の抜《ぬ》けた茶髪。雪のように白い肌《はだ》。白シャツの下に着た真夏の空みたいな真っ青《さお》な色のTシャツ。ゆるく腰《こし》ではいたズボンと、派手な紫のベルト。

――ゆっくりと顔を上げた彼の視線が私のそれと重なった。

その瞳《ひとみ》は驚《おどろ》くほどきれいな色をしている。まるですき通る湖をのぞき込んだ時のような、少し青味がかった透明感のある深い緑色。

「あ、の……」

思わず声を出してしまう。

吸いこまれてしまう、と思ったからだ。直観だけれど、なぜだか彼は私がよく知っている〝なにか〟に似ているような気がして。

きっと走ってきたのだろう。扉の前に立つ彼は汗《あせ》だくで、呼吸を整えるように息を吐《は》いていた。

そのきれいな瞳はじっとこちらを見て動かない。彼が視線を私からはずさないから、私も彼から視線をはずすことができなかった。

「おい、ノガミどこ行った！」

どこからともなく聞き慣れたタケちゃんの大きな声がして、彼はハッとしたように一度私から視線をはずす。けれどまたすぐにその視線はまっすぐ私に向けられた。

「わりい、ちょっとかくまって！」

あせったようにそう言うやいなや、器用に片手で扉を閉めて彼はずんずんと美術室奥にいる私のほうへと歩いてきた。

その行動にビックリして声をあげようとすると、大きく目を見開いて私の口を自分の右手で覆《おお》う。

これまたビックリした私は抗《あらが》うこともできずに、しゃがみこんだ彼につられて同じようにしゃがみこむ。

左手で私の口を塞《ふさ》ぎ右手の人さし指を立てると、申し訳なさそうにして声を出さずに「ごめん」と口だけを動かした。

彼は、思いのほか優しい表情をしていた。どうやら先生から逃《に》げているらしい。それに私はびっくりしてなにも言葉が出なくって、コクコクとうなずいて応える。

彼は一瞬笑って「ありがと」とまた口の動きだけで合図した。

トクン、と鳴った自分の心臓の音が聞こえて思わず頬《ほお》が熱くなる。

乱れた呼吸を押し殺そうとする彼の息遣いが、耳のすぐそばで聞こえてくすぐったかった。

私の口にあてられた彼の手は、ゴツゴツとした男の人の手で少し怖い。けれど、不思議と嫌悪《けんお》感は抱かない。なぜだかとても、優しい触《さわ》り方だと思ったんだ。

しばらくして彼の呼吸が正常になると、私の口を塞いでいた手がゆっくりと離された。その仕草と同時にゆっくりと、私も視線を上げる。

――そしてまた、視線が重なった。

息が止まってしまうかと思った。喉《のど》の奥がからからになって、体が動かない。どこか懐《なつ》かしくて、胸の奥が張り裂《さ》けてしまいそうになるような、そんな衝動。

「……あ、の」

絞《しぼ》り出すように声を出した、その時。

「おいノガミ！」

私の声に重なって聞き慣れたタケちゃんの声がして、ガラリと美術室の扉が開いた。

1. それは、きみの個性

「男の子だなんて、聞いてないよ！　タケちゃん！」

白い頬《ふく》を膨らませながら、〝タケちゃん〟と、そう呼ばれている四十六歳おじさん教師に詰《つ》めよったのは、俺がさっきまで口を塞いでいた女の子だった。

「まあ、言ってないからなあ」

「タケちゃんひどい！　私すっごく楽しみにしてたのに！」

どうやら俺がここに来たのは、彼女《かのじょ》にとっても不機嫌《ふきげん》の要因《よういん》らしい。黙ってはいるけれど、本当は俺が一番文句言いたいっつうの。

放課後、美術室。九月中旬でもまだ蒸し暑く、夏の気配が残っている。ホコリくさいこの教室ではなおさらだ。

いったいどうして俺はこんなところにいるんだ。口うるさい担任から確実に逃げきったはずだったのに。

竹山《たけやま》先生――いや、やっぱりおもしろいから俺もタケちゃんと呼ぶことにする――に、「放課後、話があるから職員室に来い」と宣告されたのは今朝のこと。

話がある、だなんて遠回しもいいところだ。確実に怒《おこ》られる案件だなんてことはわかりきっている。

めんどくさいことが大嫌《だいきら》いな俺は、タケちゃんにつかまる前に逃げようとHRが終わった瞬間全力疾走して逃げ出したのだけれど、あろうことかタケちゃんの奴《やつ》、大声を張りあげて追いかけてきた。おじさんのくせにパワフルにもほどがあるっつの。

そして、四十六歳に負けるわけにはいかないとさらに全力を出して走ってたどり着いた場所が、ここ美術室だったのだ。さすがにこんなところまで追いかけては来ないだろうと思った俺の考えは完全に甘《あま》かった。全然知らなかったけれど、タケちゃんはここ美術部の顧問らしい。

「ねえタケちゃん、いったいどういうことなの？　説明して」

俺が口を塞いでいた女の子と変わって、さっきタケちゃんと一緒《いっしょ》にここへやって来た黒髪《くろかみ》ショートの美人が不満げに言う。顔もきれいで、声まで美しいってなにごとだ。

険しい顔をした彼女を、タケちゃんはまあまあ、となだめる。そして、がっしりと俺の肩をつかんで、彼女らふたりのほうに向かせた。

「じゃあ紹介《しょうかい》しとくな。こいつは野上新《のがみあらた》。生活態度は悪いわ、課題は出さんわ、俺のクラスの問題児だ。部活でもやらせて気持ち入れ替《か》えさせようと思ってな。お前らにも迷惑《めいわく》かけると思うけど、よろしく頼《たの》むよ」

ふたりはポカンとしている。俺だってそうだ。

タケちゃんは俺の肩をポンと叩《たた》いて、なぜだか得意げにしている。なんでだよ。

「いや、待てよタケちゃ……竹山先生。部活でもやらせてって、どーいうことだよ？」

「そのままの意味だろう。お前には今日から美術部に入部してもらう」

「はあ？」

意味がわからず眉間《みけん》にしわを寄せると、そんな俺を見てタケちゃんはこれまた得意げに話し出した。

「お前なあ、風紀検査にいったい何回引っかかってると思ってるんだ？　無断遅刻《ちこく》に無断欠席はいつまでたってもなおらんしなあ。おまけに反省文は一枚も出さないときた。これまでにたまった反省文が何枚かわかってるのか？」

「…………」

「これまでなんとか部活として扱《あつか》ってもらってきたが、さすがに部員ふたりじゃ廃部の話も出ていてな。ちょうど三人目が欲しいと思ってたんだ。素直に入部するなら、これまでの反省文全部チャラにしてやる。どうだ、悪い話じゃないだろう」

反省文全部チャラにしてやる、って。そんなありがたい話はないけれど、美術部っていったいどうなんだ。

中学生の頃《ころ》の美術の成績を思い出してみるけれど、たしか五段階で三の評価しかなかった気がする。

「お前は見た目も派手だし、案外美術センスがあるかもしれんぞ」

ははは、と豪快に笑ったタケちゃんを見て、俺も女子ふたりも苦笑いを浮かべるしかなかった。これはもう断ることは無理そうだ。

「まあそういうことだから、野山《のやま》と春日《はるひ》には迷惑かけると思うがよろしく頼むよ。ほら、今日は自己紹介でもすればいいから。野上、逃げ出すなよ。一回逃げるたびに反省文倍に増やすからな」

笑いながら言っているけれど、目は笑っていないところがタケちゃんの怖いところだ。身震《みぶる》いしてコクコクとうなずくと、「じゃ、俺は職員会議があるからもう行くな」と俺らに背を向けて美術室から出ていった。

嵐のようなおっさんだなほんとに。

チラリと目だけで横を確認すると、ふたりともポカンと突っ立っている。この状《じょう》況《きょう》に困惑しているんだろう。説明もなしにいきなり俺みたいな奴が入部することになったんだ、無理もないだろう。俺だって、まだなにがなんだかよくわかっていないのだし。

「とりあえず、自己紹介でもする？」

黒髪ショートの美人な彼女がそう提案したので、俺は「ああ……」なんて気のない返事をしてしまった。

タケちゃんはさっさと帰りやがるし、彼女らは明らかに俺のことを不審《ふしん》に思っている。めんどくさいことが嫌いな俺にとってこんなこと苦痛でしかない。

第一、このふたりだって俺みたいな奴と関わりたくなんてないだろう。

「あ、えっとじゃあ私から……二年の野山実羽《みう》、です」

ノヤマミウ。心の中で復唱する。

さっき俺が美術室の扉を最初に開けた時、ここにひとりで立っていた。じっと俺の目を見つめた彼女の瞳を思い出して、ドクリと心臓が鳴る。あの時、自分でもよくわからない不思議な気持ちになった。視線が絡《から》みあった瞬間、線でつながれたような気分になったのはなぜだったんだろう。

改めてまじまじと彼女を見ると、栗《くり》色でふわふわとしたセミロングの髪と雪のような白い肌が印象的で、意外とかわいい顔立ちをしていることがわかった。背は低く、俺の肩にも届かないんじゃないかと思う。

「私は春日香南《かな》。よろしく」

そのあと自己紹介したのは黒髪ショートで美人のカナ。何度見ても美人。スタイルもいいし、こんな美人が同じ学年にいるなんて全然知らなかった。

「えーっと、俺は、二年十組の野上新」

こういう時、どういう顔をしたらいいのかよくわからない。

ふたりは俺を頭からつま先までじっくりと見つめた。初めての人はいつもそんなふうに俺を見る。自分でもわかっているけれど、人と少し違《ちが》う容姿っていうのは誰でも物めずらしく感じるものだ。

「ふうん、十組ね。校舎違うから見たことなかったのね。私とミウは一組。色々事情がありそうだけど、とりあえず入部するってことは把握《はあく》したわ。これからよろしく」

マンモス校であるうちの高校は、一学年十二クラス存在する。六クラスごとに校舎が違うこともあって、同じ学年といえど二年になっても知らない人というのはやっぱり存在するみたいだ。

「説明することといっても特にないし、うちの部活は基本的に自由だから。好きなことすればいいわよ。私とミウだって美術部の活動なんてほとんどしてないしね」

「はあ……？」

「まあとりあえず、毎日放課後ここへ来ればいいわ。反省文倍にされたくないでしょう」

「まあそれはそうだけど」

「じゃあそういうことだから、あとはミウに任せるわ。私は先に帰るからよろしくね」

「えぇえ!?　カナ、待ってよ……！」

そこでやっと声を発したノヤマミウは、あせったようにハルヒカナの制服をつかんだけれど、呆気なくその手を払《はら》われてしまう。ハルヒカナは困り果てているノヤマミウを気にもとめず、スタスタと部屋から出ていく。彼女は見た目によらずけっこうキツい性格らしい。

ハルヒカナの背中が完全に見えなくなってしまったあと、ノヤマミウは俺のほうをチラリと見て、ますます困惑している様子を見せた。

小さくて、ふわふわした女。俺とはたぶん、正反対の真面目なタイプなんだろう。きちんとそろえられた前髪と膝《ひざ》まで伸ばしたスカート。制服のブレザーはちゃんとボタンがとめられている。

「……ミウでいい？」

「えっ⁉」

「呼び方、ミウでいい？」

「あ、えっと……いいけど……」

いきなりしゃべりかけたからか、オドオドして挙動《きょどう》不審。俺になにか言いたげな目を向けている。

言いたいことはなんとなくわかった。俺の見た目のことだろう。だいたいいつも同じ反応《はんのう》をされるから、もう慣れてしまった。

「なに？」

「その……ノガミくんの目」

やっぱり、と思って俺はイライラして、ミウを自然と睨みつけてしまったらしい。

ミウはさらに言いにくそうに、それでも覚悟《かくご》をして口を開いた。

「その目の色、すっごいきれい」

ビックリして、俺は固まる。静まり返る部屋。沈黙《ちんもく》。背の小さい彼女は身を乗りだして俺の目をじっと見つめた。それから、ゆっくりと視線をおろしてゆく。

「ノガミくんって、すごいね。色の神様みたい。こんなにたくさんの色が似合う人、私初めて見たよ」

もう一度まじまじと彼女を見おろす。俺よりずいぶんと小さい彼女。細くて、白くて、ふわふわしている。とても同い年とは思えない。だって、俺が彼女の口を塞いだ時、なんて小さくて弱いんだ、って、そう思ったんだ。そんなミウは、キラキラと目を輝《かがや》かせて俺を見る。こんな反応をされたのは初めてだった。

「……変だとか思わねーの？」

「え？　思うわけないよ！　だってこんなに素敵《すてき》なのに」

瞳の色が普通の人と違うことはもちろん、俺の見た目はかなり派手だと思う。目を引く原色が好きで、なおかついろんな色を使うのが好きだ。普通の人では好まないような配色。

それを、こんなふうに素直に面と向かって褒《ほ》められたこと、今まであっただろうか。

美術部なんて、正直俺には絶対に向いていないし、毎日ここへ来る自信もないのだけれど——少しだけ、興味が湧《わ》いた。暇《ひま》な放課後、こいつらと過ごしてもいいんじゃないかって、そう思えたんだ。

そうして、俺の美術部員としての生活が始まった。

別にサボってもよかったんだけれど、タケちゃんはうるさいし、反省文がチャラになるなら行ったほうが確実に得策だ。

それに、ちっさくて弱々しいミウと、美人ではっきりしているカナ。ふたりはいつもお菓子をくれて、会話に俺を入れようとしてくるんだ。その空気感が、案外いやではなくて。素直に、ふたりが俺のことを気にしていてくれることが、なんでかうれしかったんだ。

そして今日も。

授業が終わると、俺はそそくさとここへやって来る。学校の北校舎、一番奥の美術室。扉を開けると必ず、ミウが笑って言うんだ。

「今日もちゃんと来たね」

って。

「来ないとタケちゃんに怒られんだろ」

俺は口を尖《とが》らせながらそう答えて、いつもの位置に座る。ミウはそんな俺を見て笑うし、カナはあきれたように見つめる。もうそれがお決まりになってしまった。

定位置についてから教室内を見回すと、ホコリくさいにおいが鼻をくすぐった。

美術室は案外広い。

扉を開けて右側は、普通教室ひと部屋分くらいの大きさで、授業用の椅子と机がズラリと並んだスペースになっている。もう半分の俺たちがいる左側は、完全に美術部専用のスペースだ。

美術部専用スペースといっても、誰が置いたのかわからない大きなソファがあるような自由な空間。美術部らしいものは、ほとんどと言っていいほどない。あとはダイニングテーブルのようにでかい机と、その周りに丸い椅子がいくつか並んでいる。

ミウとカナは必ずそこに隣同士で座っていて、俺はいつもその向かいに座るんだ。

「タケちゃんに怒られるとか言って、案外楽しいでしょう、美術部」

「そーだよノガミくん！　美術部のこと、けっこう気に入ったでしょ？」

おもしろそうに言うふたりに向かって、俺は悪態をつく。いや、間違ってはいないけれど、認めてしまったらなんだか悔《くや》しいし。

「そりゃあ、お前らみたいに好き勝手やってる奴しかいないんだから、楽しくないことはないだろーよ」

「好き勝手とは人聞きの悪い」

「そのとーりだろ」

実際、このふたりは本当に好き勝手やっている。美術部なんていうものだから、絵を描《か》いたり工作したりしているのかと思ったら大間違いだ。カナが初めに言っていたとおり、ここ美術部はかなり自由な部活らしい。

ふたりはいつもここに座って、お菓子を食べながら雑談している。課題をやったり、ゲームをやったり、本を読んだり。本当に自由なんだ。

タケちゃんも、よく俺をここに入れようなんて思ったよな。少しは真面目になれなんて言っておきながら、この美術部の部員二名は部の活動なんてこれっぽっちもやっていないじゃないか。

「でもアンタ、これくらいが楽しいでしょ。そんな真面目に絵でも描きたい？」

「ハイハイ。そのとおりです。このままが楽しいです」

実際、カナの言うとおり。

これくらいが一番楽しい。真面目に絵なんて描くはめになったら、俺はタケちゃんなんてかまわずにとっとと退部していたはずだ。

だから、俺はなんてラッキーなんだろうと思っている。ミウとカナとお菓子を頬張りながら雑談してもいいし、スマホをいじってもいいし寝《ね》たっていい。本当に好きなことをしているだけ。それだけで、全部が丸く収まる。

めんどくさいことが嫌いな俺には、もってこいの話。タケちゃんって最高だ。

「じゃあ、私先に帰るわ。ノガミ、ミウのことよろしくね」

「ハイハイ」

いつもカナは俺とミウより少し早く帰っていく。その理由はミウもなにも言わないから、俺は知らない。まあ、そこまで首を突っこむほどのことではないだろう。

「もう、カナったら……。ノガミくんに頼まなくったって、私は全然大丈夫《だいじょうぶ》なのに」

「ほんとそのとおり」

カナははっきりした性格のわりに過保護なのか、いつも俺に「ミウを頼むね」と言って帰っていく。俺はその〝頼む〟が本当のところどういう意味なのかをまったく把握していない。まあいちおう、帰りに一緒に帰ってやったりはしているけれど。

「私ってそんなに弱そうかなあ……」

「まあ見るからに弱そうだけどな」

「なにそれ、どういう意味ー!?」

膨れたミウを見て、思わず笑ってしまった。笑った俺を見て、さらに膨れるところがおもしろい。

でも、ミウは実際、弱そうというよりはかなりふわふわしている。見た目もだけれど、中身もそうだ。なんていうかこう、つかみどころのないような、地面に足が着いていないような、そんな感じ。言葉にするのは難しいけれど。

まあ、俺が勝手に感じているだけなんだけどさ。

「はは、てかさ、ミウ、さっきからなにやってんの？」

「もーノガミくん、私のこと馬鹿にしすぎだよ」

「いや、馬鹿にはしてねーよ。おもしろいなって思ってるだけで」

「それが馬鹿にしてるっていうの！」

ミウは頬を膨らませて、「もう！」なんてまた怒っている。

手にしているのはシャーペンで、明日の予習でもやっているんだろう。ここではとても自由にしているけれど、普段のミウはすごく真面目だ。

「予習なんかやらなくたって大丈夫だろ」

「そんなことないよ。私そこまで頭よくないし……」

そんなのは嘘《うそ》だ。ミウもカナも、学年二十位以内には毎回入っているって知っている。第一、二年一組は特進で、頭のいい奴らが集められたクラスなんだ。俺は常々、タケちゃんからふたりに真面目さを分けてもらえ、なんて言われている始末だし。

「ノガミくんはなんでそんなにチャラチャラしてるの？　勉強は意外とできるのに」

「意外とってなんだよ。失礼だな」

そう、こう見えても俺だって別に勉強ができないわけじゃない。というか、できなかったらそもそもこんな学校に入学していないわけだし。めんどくさいことを避《さ》けて通る主義だけに、追試とか再考査とか絶対にあり得ない。必要最低限の勉強はしているつもりだ。まあ、ミウとカナほどできるわけじゃないけれど。

「あのさ、俺タケちゃんが言うほど問題児じゃねえからな？　いたって普通の生徒だから」

まあ、無断遅刻に無断欠席と身だしなみの悪さで大量の反省文を書かされているのは事実だけれど。

「普通ー？　髪染めたり、その無駄《むだ》に派手なTシャツが普通っていうのか⁉」

「いや俺、これが地毛だし。派手なTシャツっていうか、こういうのしか持ってないだけ。なんていうか、自分の好きなものに正直でありたいんだよね、俺」

ミウは意外そうな顔をする。

まあそれもそうだ。

俺の外見はそれなりに、というかかなり目立つと自覚している。別に好き好んでこんな髪や目の色になったんじゃないけれど。

「そうだったんだ……。ノガミくんって遊び人のイメージなのに」

ミウの発言に思わず笑う。

遊び人ってなんだよ。俺はミウの中でどんなイメージなんだ。

「別に好き好んでこんな外見になったわけじゃねーよ。母さんの家系にこの目と髪色の人がいて時々俺みたいな奴が生まれるんだってさ。まあ、派手な色が好きなのは認めるけど」

「そうなんだ、じゃあノガミくんは特別な子なんだね」

「トクベツ？」

「トクベツだよ。だって、ノガミくんが好きな派手な色を身にまとって生まれてきたんだよ。それってすごいことじゃないかなあ」

無邪気《むじゃき》に笑うミウは、本当にうらやましそうに俺を見る。自分の外見についてとやかく言われることは慣れているけれど、こんなに褒めちぎる奴なんてそうそういない。

というか、ミウが初めてだ。

「小さい頃はよくいじめられてたけどな。人と違うってそんないいことじゃねえよ」

「んー、でも……」

ミウが、俺の返答を待たずに、まっすぐにこっちを向いて口を開いた。

「自分の好きなものを好きって表現できるのって案外難しいことだよ。意外とみんな、ノガミくんに憧《あこが》れてたりするんじゃないかなあ……」

ドクン、と心臓が鳴った。

ミウの視線が俺を通りこす。どこか遠くを見ながらそう言ったミウの目に今なにが映っているのか、全然わからないけれど。

もしかしたら、ミウは意外とこういう派手な色が好きなのかもしれない。パッと目を奪う原色。いつも俺をうらやましそうに見つめては、「すごく素敵だ」なんて言うのだから。

「なんて、私ノガミくんのこと褒めすぎだね」

ミウはそう言って、ふにゃりと笑う。

今まで、いろんな奴に馬鹿にされてきた。小さい頃は、その髪の色変なの、って笑われていたし、俺が好きな派手な色を好んでくれる人もあまりいなかった。

そのうち外見に引かれて近づいてくる奴らも増えたけれど、いつも口ばっかりで続かなかった。

人間が口にする言葉って、案外本心かどうかは相手に伝わるものだ。俺の外見を褒めてくれる人だって少なからずいたけれど、こんなにまっすぐ向けられた羨望《せんぼう》のまなざしのようなものは初めてで戸惑ってしまう。

「ミウって馬鹿だよな」

「馬鹿ー!?」

「こんな俺のこと褒めるの、ミウくらいだよ」

ミウはにこにこと笑って俺を見ていた。

なぜだかわからないけれど、高鳴る鼓動《こどう》は止まることを知らないみたいだ。おかしい。こんなふうになったこと、今まで一度だってなかったのに。うるさい心臓を止めようと必死で、ミウの顔をちゃんと見ることができない。

「その髪も目も、派手な色が好きってことも、ノガミくんの個性だよ。私はすごく似合ってると思うなあ……。好きなことをそうやって貫《つらぬ》けるのって、すごいと思う」

本当に、こいつは変わっている。

派手な色を好んでいるのは、俺の個性、か。

じわりじわりと、ミウの言葉が俺の中に溶《と》けこんでいく。俺とミウは正反対だって思っていたし、俺はミウが苦手なタイプで、ミウは俺のことが苦手なタイプだと思っていた。でもミウは、こんな俺のことを、意外とちゃんと見ていてくれているのだ。

そのことが、なぜだかとてもくすぐったくて、うれしかった。

次の日、俺はなぜだかドギマギしながら美術室へ向かっていた。

カーディガンの下に着た今日のTシャツは真っピンク。タケちゃんにまたぐちぐち注意されたけど、聞く耳持たず。だって、好きなものを着てなにが悪い。

それに、ミウが。

ミウがこんな俺を、「素敵だ」と言ってくれたから。

俺は自分がこんなに素直な人間だなんて思ってもみなかったけれど、誰かに自分のことを受け入れられるのって、案外とてもうれしいことなんだ。

今日はなぜか、胸を張って歩ける気がする。派手な色が好きっていう、これは俺の個性で、絶対に曲げたりなんてできないこと。それは、ミウが俺に教えてくれたことだ。

なんか俺――ミウの言葉に、すごい影響《えいきょう》されてるよな。今までこんなこと、一度だってなかったのに。

「ちーっす……」

ガラリと開けた美術室の扉。

タケちゃんに今日の格好について注意をくらっていたおかげで、いつもより少し遅くなってしまった。そのせいか、今日はいつも降ってくるミウからの『今日もちゃんと来たね』という言葉がない。

というかそれ以前に、ミウの姿は見あたらなかった。カナはいつもどおりの場所に座っていて、なにやら難しそうな本を読んでいる。俺が近寄ると、やっと気づいたのか「今日も派手ね」なんて言いやがった。いやでも、今はそんなことより。

「おいカナ、ミウは？」

カナは俺の声に本から視線をはずした。そしてなぜか一回ため息をつく。なんだよ。俺がなんかしたってか。

「……今日も本当に派手ね」

「ウルセーな。いいだろ別に。それより、ミウは？」

じっと俺を見つめて、そのまま視線を下げていったカナは再び深く息を吐いた。

「……ノガミって、ミウの描く絵みたいね」

俺はその言葉に一瞬固まった。

だって、俺がここに来るようになってから、ミウやカナが美術部らしいことをしているところなんて一度も見たことがない。ましてや、『ミウの描く絵』だなんて。

「……ミウの描く絵？」

「いや……なんでもない。ノガミには関係ないことだったわ」

カナは口をすべらせた、とでもいうような表情で再び本に視線を落とした。そして、もうそれ以上なにも口にしたくないと言わんばかりに俺にいっさい視線をくれなくなった。

ミウの描く絵って、なんだそれ。

ミウが絵を描いている姿なんて、一度も見かけたことがない。ノートにラクガキを描いているところでさえ見たことがないっていうのに。

「……おいカナ、今のどーいう……」

「あ、私先生に呼び出されてるんだった」

カナはわざとらしく席を立つ。ますます怪《あや》しいことこの上ない。それに、なんだか心がざわつく。

「おい待てって」

「ノガミ」

俺の言葉をさえぎって、部屋を出ていこうとしたカナが振り返る。俺は言葉を止めた。

振り返ったカナの顔は、普段とはまったく違う本当に真剣《しんけん》な顔だった。カナのこんなに真剣な表情を、俺は初めて見た。そして、こんなに真剣な声も初めて聞いたんだ。

「ごめん、今言ったこと忘れて。ミウはもう——絵、描かないから」

——どういうことだよ。

俺がそう言葉を発する前に、カナは足早に部屋を出ていってしまった。

ごめんだけれど、俺にはさっぱり意味がわからない。

カナは俺のことを、『ミウの描く絵みたいね』と言った。でも俺は、一回もミウの描いた絵を見たことがない。というか描いている姿も見たことがない。

——『ミウはもう絵、描かないから』。

描けない、じゃなくて。――描かない。

いったいどういうことなんだ？　まったく活動していない、この自由にもほどがある美術部の謎《なぞ》を解く鍵《かぎ》は、そこにあるっていうことだろうか？

モヤモヤといろんな憶測《おくそく》が湧いてくるけれど、答えなんて出るはずもなくて。でも、さっきのカナの真剣な表情が俺に考えることをやめさせてくれない。

たくさんの疑問《ぎもん》を抱《かか》えたまま、落ちつかない心の中をいったん鎮めようと振り返ったその時。俺は、ソファで眠《ねむ》るミウの姿を視界にとらえてしまった。

あまりに小さく丸まって寝ているものだから、この教室に入った時からいたであろうミウに俺はまったく気がつかなかったみたいだ。耳を澄ませばすうすうと寝息を立てていることにだって気づいたはずなのに。俺はカナの言葉に相当動揺《どうよう》していたらしい。

ゆっくりと近づいて、気持ちよさそうに眠るミウの姿をじっと見つめる。雪みたいに白い肌と、少し癖《くせ》のある栗色の髪。膝を曲げて小さなソファに収まるミウは、まるで森から迷いこんできたウサギのようだ。

「……無防備すぎ」

今の今まで、ミウがここで寝ていることに気づかなかった俺もどうかと思うけれど。

俺が、男がここに来るってわかっていてどうしてそんなふうに気持ちよさそうに眠れるんだよ。こんなになにも考えていないから、カナに毎回「ミウをよろしくね」なんて頼まれるんだ。本当に、ミウは馬鹿だ。

思わず右手で顔を覆う。自分でもこの感情の名前がわからない。けれど、無防備に眠るミウの姿はあまりにも小さくて。誰かが守ってやらなきゃ、本当にいつか消えてしまいそうで。寝顔ごときでどうしてこんなふうに思ってしまうのか、俺の心臓はこんなに鳴っているのか、考えても全然わからない。ミウなんて、そこらへんにいそうなごく普通の女の子のはずなのに。……けれど。

「……かわいい……」

気づいた時にはそんな言葉を口にしてしまっていた。本当に思わず、ポロリと言葉が口からこぼれ落ちたんだ。だんだんと顔が熱くなっていくのが自分でもわかる。

俺、なにしてんの。てかなに言ってんの。

いや、でも、だって――。

再びソファで眠るミウに視線を向けると、自分の鼓動がまた速くなるのがわかった。

自分でも抑《おさ》えられないほど、どうしようもなく、ただ目の前で眠るミウがかわいくて、……かわいくて。

「……だから、俺なに言ってんの……」

自分で、この意味がわからない感情に驚く。だって、かわいいってなんだよ。

ちょっとまてよ。ミウよりかわいい女子なんて、そこら中にいる。ましてやこいつは、最近出会ったばかりで、知っていることと言えば学年と名前、それからこんな俺のことを素直に褒めてくれるってことくらいじゃないか。

それでも、俺の中から湧いてくるミウに対しての気持ちは、止まることがない。それに加えて、こんなふうに無防備に寝ていることが、俺が男だと認識されていないようで少しばかり腹が立つ。

「……ほんと、柄《がら》でもない……」

こんなの俺じゃない。

自分の外見が派手なことも、ほかの人より幾分《いくぶん》か容姿が整っていることも、自分が一番わかってる。女子にこまったことなんてないし、自分から誰かを好きになったことやかわいいだなんて思ったこと、なかったのに。第一めんどくさいことが嫌いなはずじゃないか。誰か特定の人に興味を持つなんて、意味のないことだってわかっているのに。

思いとは裏腹に、俺は着ていたカーディガンを脱《ぬ》いでそっとミウにかぶせた。

——本当に、こんなの俺の柄じゃない。

＊＊＊

ぼんやりとした意識がだんだんとはっきりしてくる。

さっきまで、ケーキやクッキーを好きなだけ食べていたはずなのに、手を伸ばしても甘いそれらがつかめない。あれ、おかしいな……。

ゆっくりとまぶたを開けると、見なれたクリーム色の天井《てんじょう》が見えて、いつの間にか自分が夢の中にいたことに気がついた。目をこすって、視界をクリアにさせてから、むくりと体を起こす。

そこで、やっとはっきりと意識が戻《もど》る。さっきまで食べていたケーキやクッキーは、夢の中のお話。どうやら、美術室に来てソファで寝転がっているうちに、本当に寝てしまったらしい。よくあることだから、今さらあせらないけれど。

「ふあー……。ねむい……」

「やっと起きたのかよ」

どこからともなく声が降ってきて、ビクリと身体が跳ねた。それがノガミくんのものであることはすぐにわかったけれど、まさかいるとは思わなかったから。

ソファに座ったまま声のほうを振り返ると、不機嫌そうにいつもの場所に座ったノガミくんがいた。

「ごめんごめんっ！　なんか寝ちゃってたみたい」

へへへ、なんて罰《ばつ》が悪くて頭をかいてみたけれど、ノガミくんの表情はピクリとも動かない。

あれ？　ノガミくん怒ってる……？

その時やっと、自分にかけられていた男もののカーディガンに気づいて、私はあわててしまった。だってこれ、ノガミくんのものだ。ほかの人じゃ絶対に着ないような派手な暖色のカーディガン。きっと、起きない私を見かねてわざわざこれをかけてくれたんだ。ノガミくんって、見かけによらず優しいところがある。

「の、ノガミくん！　これ……。ごめん私、借りちゃってたんだね！　すぐに返……あ、洗ったほうがいいよね、ごめん」

ノガミくんにとって、部活に来ること自体めんどくさいことのはずなのに、寝ている私のことを気遣って待っていてくれたんだろう。優しいけれど、不機嫌になる気持ちもわかる。カナは相変わらず先に帰ってしまったみたいだし。

ノガミくんが不機嫌な理由はこれだと思いこんだ私には、もうそうだとしか思えなくて。カーディガンをきれいにたたんで、ノガミくんのもとへ行こうと立ち上がる。

そうすると、ノガミくんもめんどくさそうに立ち上がった。

「そんなことどうでもいいから。つーか、寝起き寒いだろ。着とけよ」

「え、でも、……ノガミくん怒ってるし……」

ノガミくんはさらに顔をゆがませた。ぎゅっとノガミくんのカーディガンを握りしめる。私、また怒らせちゃったかな。やっぱりこれ、返さないといけないよね。

「やっぱこれ……」

「お前、いつもこんなとこで寝てんの？」

ノガミくんの声が、私の声に重なった。その声はやっぱり不機嫌で、私はあせるばかり。

「いつもじゃないけど……たまに寝ちゃう時あるんだ。ここのソファ、大きさがちょうどよくて。それに、けっこうどこでも寝れちゃうんだよね、私」

最後はへへへ、ってまた笑ってみたけれど、ノガミくんの表情は変わらない。笑うところじゃなかったのかも。私って人の気持ちを汲み取るのが本当にニガテだ。

「お前さ、無防備すぎんだよ」

「えっ……？」

返ってきた言葉が意外すぎて、思わず素っとんきょうな声をあげてしまう。ノガミくんを見つめると、彼は目をそらしながら手を頭にやった。

「あーもう……。調子狂う……」

「ご、ごめんノガミくん……」

とりあえず謝ることしかできなくて弱弱しくそう言うと、ノガミくんはそらした視線を私のほうへと向けなおして、こちらまで一直線に歩いてきた。

その行動の意味がわからなくて私はますますあせってしまう。それでも、まっすぐに向けられた視線からは逃れられなくて、初めてノガミくんと会った時のように彼を見つめる。

ノガミくんは私の目の前まできて、手を伸ばした。叩かれるのかと思って目を瞑ると、いきなりむぎゅっと頬っぺたをつかまれて拍子抜けしてしまう。

「い、いひゃいよ、のひゃみふん……」

「お前、ここで寝るの禁止。てかどこでも寝れるとかあほか？　少しは自分が女だってこと自覚しとけ、チビ」

そう言ったノガミくんの顔をまじまじと見ると、怒りながらも優しい顔をしている。

私はそこで、初めてノガミくんが心配していてくれたんだってことに気がついた。

ノガミくんが怒っていないことにとりあえず安堵《あんど》して、それから心配されていたことにちょっとだけうれしく思ったりもしたけれど。

「ち、チビは関係ないでしょー！」

そう言うと、ノガミくんは私の頬から手を離して声をあげて笑いだした。その姿に思わずビックリしてしまう。だって、普段あまり笑うことのないノガミくんが本当に楽しそうに笑うから。

「……ノガミくんってそんなふうに笑うんだね」

「はあ？　人間誰だって笑うだろ」

「だって、ノガミくんって微笑《ほほえ》んだりはするけど、普段そんなふうに声を出して笑わないでしょ？　今はすごく楽しそう」

「……なんだそれ。ミウがおもしろいからだろ」

照れているのか、恥《は》ずかしそうに横を向いたノガミくんのことを、少しかわいいだなんて思ってしまった。ノガミくんが笑う姿、意外と好きなんだけどなあ。

「ノガミくん、ありがとう」

心配してくれたことへのお礼と、待っていてくれたことへの感謝の『ありがとう』。たたんだカーディガンを差し出すと、ノガミくんは照れながら「どういたしまして」ってそれを受け取った。


次の日の昼休み、私はカナに昨日のことについて話していた。

美術部と同じ校舎にある二年一組。教室の窓際で、ふたりでお弁当を食べるのがいつもの日課。ノガミくんは隣の校舎だ。

「へえ、あのノガミが。そんなこと言ったの」

「うん。馬鹿にされてる気しかしないけど！」

『少しは自分が女だってこと自覚しとけ、チビ』って。ノガミくんが心配してくれたっていうのは私だってわかっているけれど、チビなんていう必要ないじゃないか。

「まあでもノガミの奴、悔しいけど外見は整ってるし、案外優しいとこもあるじゃない。いつも私が帰ったあともミウの子守りしてくれてるし」

「ちょっとカナ、子守りってなによう、子守りって！」

「心配してくれてたんでしょ、あいつなりに」

「それは……わかってるよ」

「あんなに派手な見た目してるのに、意外と周りに人がいる理由はノガミのそういうところなのかもね」

カナの言葉に思わずうなずいてしまう。

ノガミくんはあの派手なルックスで、一見周りに距離を置かれてしまいそうなほど個性的なのに、意外と友達が多いらしい。過ごしている校舎が違うからめったに会うことはないけれど、時々移動教室なんかでノガミくんを見かけると、いつも友達に囲まれている。どうして今まで存在を知らなかったんだろうって思うくらいだ。

「それに、人見知りのミウがノガミとは最初からきちんとしゃべれていたじゃない？外見のわりに、近づきやすいのよね、あいつ」

たしかにそうだ。人見知りで引っこみ思案な私は、とにかく友達が少ない。自分の考えを口に出すのはすごく苦手だから。

だけど、ノガミくんとは最初から普通に話せた気がする。それこそ、馬鹿みたいにノガミくんのことを褒めてしまったくらいだし。それは、彼がまとう色たちにすごく惹《ひ》かれたっていうのも理由のひとつなんだろうけれど。

それに、ノガミくんは派手だけれど、やっぱり容姿はとても整っている。女の子たちに囲まれている姿だって、よく見かけるんだから。

「あれ、噂《うわさ》をすれば。あれノガミじゃない？」

突然カナが窓の外を指さした。この教室からは、グラウンドがちょうど見えるんだ。楽しそうに数人でサッカーをしている男の子たちの中に、ノガミくんの姿があった。グラウンドからこの教室までだいぶ距離《きょり》はあるはずだけれど、太陽光に光るきれいな色をした髪と紫色のTシャツで、すぐにノガミくんだとわかってしまった。それにたぶん、サッカー部の人だって何人かいるはずなのに、ノガミくんは一番足が速くて目立っている。

「ノガミくん、すごいね……」

「あいつ、運動神経もいいのね」

ノガミくんに、苦手なことってないのかな？　勉強だって別にできないわけじゃないし、むしろきっとできるほう。授業はよくサボっているけれど、必要最低限のことはきちんとこなしているんだろう。それに、ノガミくんってどんなことでも理解するのがとんでもなく早い。たまに私の課題をのぞき込んで、「ああそれそうやって解くんだ」なんて一瞬で理解してしまうんだもの。

「ノガミくんって、タケちゃんが言うほど問題児なのかな……?」

「まあ、見た目は明らかに問題児よね」

カナの言葉に苦笑する。たしかにそうだけれど……。そういえばノガミくんは、好きでこんな外見になったんじゃない、って言ってたいたな。

私は、あのノガミくんの金色に近い茶髪も、青と緑が混ざったようなきれいな瞳の色も、すごく魅力的《みりょくてき》だと思う。それに、『自分の好きなものに正直でありたいんだよね』と言ったノガミくんの言葉が、今でもずっと忘れられないんだ。私とは正反対の、ノガミくんの色に対するまっすぐな思いは、時々まぶしくて目をそらしてしまいそうになるほど。

ずっと窓の外を見ていると、ノガミくんたちはそろそろ疲《つか》れてきたようで、サッカーをやめるのが目に入った。それと同時に、女の子たちがわらわらと寄ってきて、ジュースやタオルなんかを渡している様子も見える。

もちろん、それを受け取っているのはノガミくんだけじゃないけれど……。私はなぜだか、その光景を見ているのがとってもいやだった。

「なんだ……。ノガミくん、やっぱりモテるんだね」

　ノガミくんは、たぶんあの中で一番多くの女の子たちに囲まれている。別にそんなこと、私が気にすることじゃないけれど。なんだかおもしろくなくて、ノガミくんこっちに気がつかないかなあとじっと見つめて念を送ってみた。

　するとその時、ノガミくんがこちらを向いて、ばちりと目が合った。私の考えていたことが伝わってしまったんじゃないかと思ってビックリする。ドクドクと心臓が鳴るのはそのせいだ。きれいな色をしたノガミくんの瞳は、じっとこちらを向いたまま動かない。

　ノガミくんは目がいいのか、すぐに私とカナだってわかったみたいだ。だって、こっちを見つめたままニヤリ、って笑ったんだもん。カナも、「あいつ、今絶対こっちに向かって笑ったわね」なんて言っている。

　ノガミくんは、囲まれた女の子たちに引っぱられて、私たちから目線をはずす。本当に人気者なんだなあ、って。ちょっと寂しく思って、私も視線をはずしてやった。

　そうしたら突然、後ろから声をかけられた。

「ね、野山さん今日日直だよね？　これ担任から」

　話しかけてきたのはクラスメイトの有馬《ありま》くんだった。そういえば、今日日直だったんだった。私は有馬くんにお礼を言って、担任から預かったという日誌を受け取った。

そのあと、また窓の外を見たけれど、ノガミくんたちはもうすでにグラウンドにはいなかった。

いつものように三人で美術室でしゃべりたおし、カナが先に帰ったあと。

「ノガミくん、今日はなんか静かじゃない？」

ふたりきりになったとたん、あまりしゃべらなくなったノガミくんに、私はそう問いかけた。

「そーか？」

今日のノガミくんは、ちょっと変だ。

「お昼休み、サッカーしてたね」って言っても、スルーされちゃうし。もしかして、目が合ったのは私のただの勘《かん》違いで、ノガミくんから私たちの教室なんて見えなかったのかな？　なんて。

私はあの時、ノガミくんがこっちに気づいてくれて、うれしかったんだけどな……。

「なんかあったの？　調子悪い？」

「いやなんもないって」

ノガミくんはいつにも増してツンとしていて、私とあまり口をきいてくれない。理由を言ってくれないから全然意味がわからないし、明らかに態度がおかしい。

「もういい。私、日誌書いたらひとりで帰るからね。ノガミくんなんて知ら――」

「それ、今日受け取ってたヤツじゃん」

私の言葉に重なって、ノガミくんがいつもよりちょっと低い声を発した。

受け取ってたヤツって……この日誌のこと？　ノガミくんから、やっぱり私たちのこと見えてたんだ。

「ああこれ、私今日日直でね。職員室に日誌を取りに行くのを忘れてたら、同じクラスの人が持ってきてくれたんだ」

「ふーん……」

ノガミくんは興味なさそうに私から視線をはずした。もう、それがなんだっていうんだろう。全然口をきいてくれないノガミくんに、私はだんだん腹が立ってきた。

「もう、ノガミくん意味わかんない」

「俺が一番わかんねーっつーの」

なにそれ。ますます意味がわからない。

ノガミくんは一回ため息をついて、私のほうをまっすぐに見てきた。

「な、なに……？」

「……おもしろくない」

おもしろくないって、なにが？　私との会話？　美術部にいること？

私はわからないって顔でノガミくんを見つめた。

「ミウがほかの奴といるの、おもしろくない」

「えっ……」

「ミウって友達少ねーじゃん」

「そ、それは否《いな》めないけど……」

「……なんか、自分でもわかんねーけど、イラつく」

ノガミくんはまたそっぽを向いて、机に肘《ひじ》をつく。拗《す》ねてるみたいなノガミくんの姿。

「そ、そんなのノガミくんだって……」

私が小さな声で言うと、ノガミくんは「なに？」と、やっとこっちを向いてくれた。

「ノガミくんだって、い、いつも女の子に囲まれてるじゃん……」

それを言った瞬間、しまった、と思った。私なに言ってるんだろう。自分の顔がみるみる赤くなっていくのがわかる。

これじゃまるで、ノガミくんにヤキモチ焼いてるみたいだ。

ノガミくんが返事をしてくれないから、私は恥ずかしさをこらえておそるおそる顔を上げた。そこには、心なしか赤い顔を右手で隠《かく》したノガミくんがいて。

「それは……ずるいだろ」

ノガミくんはそう言って、またプイッとそっぽを向く。ずるいって、ずるいって。

それならノガミくんのほうが、もっともっとずるい。

だって、こんなノガミくんの表情、きっと知ってるの私だけだ、って。勝手に頬がゆるんじゃうよ。

「ノガミくんって、照れ屋さんなんだ」

「はあ？　お前なあ……」

ノガミくんはあきれたように私を見て。そして、身を乗りだして、私のほうに手を伸ばした。

いつかのように、また頬をぎゅっとつかまれて。でもあの時より、ずっとずっとノガミくんの手は優しくて、どきどきする。

「いひゃいよ、のひゃみくん」

「ばーか。言っとくけどな、俺はああいうまとわりついてくる女子、好きじゃねえから」

ノガミくんはまっすぐ私の目を見てそう言った。つかまれた頬は熱くて。溶けてしまいそうなほど、体温が上がっているように感じた。

「わかったか、馬鹿ミウ」

ノガミくんはそう言って私から手を離す。そしたら、また照れたようにそっぽを向くんだ。

「へへ。ノガミくん、なんかかわいいね」

そう言ったら、またノガミくんに怒られたんだけど、ちょっとうれしかったっていうのは、秘密。

2. 苦しいほど、抱きしめたい

俺が美術部に入部して早一ヶ月。肌寒さを感じるようになった十月中旬、ブレザーとカーディガンが必須《ひっす》になった。美術部に通うというこの生活にも慣れてきて、なんでか楽しいなんて感じてしまう毎日。

おかしいよな。俺って昔から本当に適当人間で、要領がよくてなんでもそつなくこなすって周りから言われていて。だから、こんなに不真面目でも、見た目が派手でも、ここまで普通に生きてこれたわけで。

でもなんでだろうな。

大好きなスポーツですらどれひとつ続かないのに、この美術室に来るということだけは、この一ヶ月一度もサボることなく続いている。自分でもわからないけど、俺って案外この場所が好きで、意外とミウやカナに会いたいって思ってるんだ。

そう、たとえばさ。俺を不真面目だと思ってるミウが、毎日この扉を開けるたびに、「今日もちゃんと来たね」って言ってくれるの、なかなかうれしかったりするんだよ。

「あ、ノガミくん！　今日もちゃんと来たね」

——ほら。

今日も俺はこの扉を開けて、ミウのこの笑顔が見られるのを待っていた。

どくん、と、この笑顔を見ると心臓が鳴る。なぜだかわからないけど。なんだかとても、あたたかい気持ちになる。

「……今日もちゃんと来たんだから、お菓子くれよな」

俺の言葉に、ミウだけじゃなくカナまで笑いだす。なんだよ。別にお菓子目あてで来てるわけじゃねえからな。

「はいはい。今日はノガミくんの好きなこれ、買っておいたよ」

ミウは机の上にあったそれを持ち上げて俺のほうへと見せる。

「マジかよ⁉ それ期間限定の味じゃねーか！」

「残りひとつのところを確保してまいりました」

「でかしたミウ……今初めて感謝した」

「初めてってなによー！」

俺とミウの会話を聞いていたカナが笑いだしたのと同時に、ミウもケラケラと笑いだす。俺はその隙《すき》に大好きなそのスナック菓子を奪い取って、すかさず逃げる。

ミウが「あっ！」なんて言って追いかけてこようとする姿がおもしろくて、俺も笑ってしまった。

最近笑うことが多くなったな、って。タケちゃんにこの間そう言われた。前にミウに『ノガミくんってそんなふうに笑うんだ』と言われたことを思い出す。たしかに俺って、誰かの前で本気で笑うことってあまりない。それは、浅く広い人間関係のほうが楽だって知っているからなんだけれど。

『美術部に入った効果が出てるのかもしれんなあ。ノヤマたちに言っとくよ。ノガミにそろそろ絵の描き方でも教えてやれ、ってな』

タケちゃんは笑いながらそう言って、俺の肩をポン、と叩いた。

ひとつだけ、疑問に思っていることがある。

それは、やっぱりこの美術部の活動についてのことだ。カナもミウも、これに関してはいっさいなにも口にしない。

美術部というのは名ばかりで、少なくとも俺が入部してから美術部らしいことはなにひとつしていない。ただただ、毎日好きなことをして、好きな時間に帰る。

そして、顧問のタケちゃんは、きっとそのことを知っている。でも、タケちゃんの性格上、そんな不真面目な部活の顧問なんて引き受けるわけがない。というか、もっと真面目にやらせるだろう。

じゃあなぜ、顧問のタケちゃん公認で、この部活がこんなにも人数が少なくて、活動もまったくしていないのか。なにか理由があるはずだ。

それにこの間、カナが俺に言った言葉が、どうもずっと引っかかっているんだ。

『ミウはもう絵、描かないから』

それはまるで、以前までミウが絵を描いていたような口ぶりだった。

頭のどこかでいつも考えていたけれど、どう考えてもやっぱりおかしい。考えれば考えるほどわからなくて、俺はいつもそこで思考を止めてしまうんだけれど。

本当は知りたい。この美術部のことも、ミウのことも。

だってここに、俺の居場所があるから。来たいと思える場所が、ここだから。どんな疑問があっても、このふたりのことは信じていいんだって、なぜだかそんなふうに思える。そんなこと、今まで一度だってなかったんだ。

だから、少しでも。少しでも近づきたい。知りたいんだ。本当は。

「ところでミウ、アンタ今日タケちゃんと面談じゃなかったの？」

「ああっ！　忘れてたっ！」

俺が考えごとをしている間に、ふたりはそんな会話をしていた。ミウはあわてて時計を見て、「ヤバイ、行かなくちゃ！」と立ち上がる。カナは「ほんと馬鹿ね」って言いながら走っていくミウを見て笑っていた。

タケちゃんは俺の担任のはずなんだけど。顧問と言えど、どうしてミウがタケちゃんの面談なんか受けるのか、それも謎だ。

ミウが走り去ったあと、カナはいつものように帰るのかと思ったけれどそうでもなく、そのまま本を読みだした。俺はいつもの席に座って、カナのその姿をじっと見つめる。彼女の黒髪は、いつ見てもきれいだ。

——もしかしたら。

もしかしたらカナなら、なにか教えてくれるんじゃないだろうか。

この美術部のこと。そして、ミウのこと。

本を読むカナの顔を、もう一度しっかりと見る。聞くだけなら、いいだろ。俺は一回息を深く吸いこんで、そしてカナに問いかけた。

「なあ、ずっと疑問に思ったんだけど、なんでお前ら、美術部の活動はいっさいしねえの？」

カナは本から視線を上げて、俺を見た。その表情から感情はいっさい読み取れない。そのまま表情を変えずに、カナは再び本へと視線を落とす。そして。

「……知りたい？」

いつになく真面目な声。ゴクリと息をのみこむ。俺はちょっと怖くなった。だって本を持ったカナの手が、少しだけ震《ふる》えていたから。

「……俺が知ってもいいなら、知りたい」

なにかあるってわかっていた。

それがどれだけ大きいものなのか、はたまたなんでもないことなのか、どちらなのかはわからないけれど。きっとなにかあるんだってことは、予想がついていた。

カナはガタリと席を立つ。「きて」と言うから、俺も立ち上がってカナのあとを追った。

静まり返った美術室に、ふたりの足音が重なって響《ひび》く。

カナはポケットから鍵を取り出すと、それを「美術準備室」と書かれた扉の鍵穴に差しこんだ。どうしてここの鍵を持っているのか、聞こうと思ったけれど彼女の背中はとてもじゃないけれど問いかけられるような雰囲気《ふんいき》ではなかった。

授業スペースの大きな黒板の横に、その準備室の扉はある。俺は一度だって、ここに入ったことはない。というか、選択《せんたく》授業で美術を専攻していなければ、美術室なんてめったに来ない場所だ。準備室の入り口がここにあることさえ知らなかった。

ガチャリ、と鍵が開く音がして、カナがためらいもなくドアノブをひねる。ギイイ、と鈍《にぶ》い音がして、扉が開く。それは、本当に久しぶりに開かれたとでもいうように。

「絵の具くさいけど。入って」

俺はカナに言われるがまま美術準備室へと足を踏《ふ》み入れた。

瞬間、息苦しいほどのカビと古くなった絵の具の匂いが鼻を突いた。床《ゆか》も壁《かべ》もくすんだ絵の具でよごれていて、湿気《しっけ》っぽくて床は歩くたびにギシギシときしむ。大きな本棚《ほんだな》と机があるのは確認できるけれど、それ以外は美術関連の本やスケッチブック、彫刻《ちょうこく》、模型……とにかくいろんなもので埋《う》めつくされている。足の踏み場もないほどだ。でもそのほとんどがホコリをかぶっていて、絵は色あせ、もうずいぶんと前に描かれたものだと予想がつく。

「んーと、ここらへんかな……」

「なにがだよ……ここ掃除《そうじ》とかしねえのか……」

カナは俺にかまわず、さっきから転がった美術作品を物色している。絵画とか彫刻とか、美術に関してはさっぱり知識のない俺だけれど、なんとなく興味がわいて。

ふと、一番近くにあった淡《あわ》い色の絵画に指をはわせた。指先にホコリがつく。ザラりとした感触《かんしょく》。

「あった」

カナが奥のほうでそう言った。俺はどうにか足の踏み場を見つけて、カナがいるほうまで入っていく。

「ほら、これ」

カナはそう言って、俺に一枚の絵を差し出した。その瞬間。

――時間が止まったんじゃないかと思った。周りの音が一瞬消えて、世界がまるで自分ひとりだけになってしまったような感覚。それくらいの衝撃だった。

差し出されたその絵に、俺は声を発することもできなかったんだ。

ただ、ただ、その絵から、目をそらすことができなくて。一瞬にして俺の目を奪ったその絵は、心臓をぐちゃりと握りつぶすように俺をとらえて離さなかった。

散りばめられた色。原色が何層にも重ねられて、油絵の具で分厚くなったそれは、幾度となくここに筆を置いたことがよくわかる。

——抽象画《ちゅうしょう》。そういった類《たぐい》のものだ。なにを表しているのか俺にはわからない。だけど。

胸が苦しくなるほどの、色づかいだ。

まるで溺《おぼ》れて息ができないみたいに。

どろどろとした底なしの沼のように。

何層にも重ねられたその色たちが、俺の胸を締めつける。芸術なんてなにもわかりやしないけれど、心に響くとはこういうことなんだろう。この色は、ずしりと重たい鉛《なまり》のようなものを抱えているんじゃないかと思うほど、胸が苦しくなる。締めつけられて、痛くて、痛くて。泣いてしまいそうなほど、痛くて。

「……これ、すごいでしょう」

カナは泣きそうな声でそう言った。でもその声のほうへと顔を向けることはできなかった。ただただ、この絵を見つめることしかできない。

「……ミウが描いたの。今からちょうど、一年前に」

カナが鼻をすすった。泣いているのがわかった。俺も、泣いてしまいそうだった。

どうしてだろうか。

この絵から伝わるものは、なんなのだろうか。

そしてなぜか、この絵を描いたのがミウだということに、俺は驚かなかった。だってなぜか、そんな気がしていたから。

＊　＊　＊

「それにしても、ノガミはよく笑うようになったよ。きっとお前らのおかげだな」

「私たちはなにもしてないよー。本当に、タケちゃんって世話焼きさんだよね」

社会資料室。うちの顧問であるタケちゃんは社会科の先生で、もう今年で四十六歳になるらしい。

カナが面談だと言ったのは、二週間に一回くらい、定期的に行っているタケちゃんとの雑談会みたいなもの。こうやって社会資料室に来て、ふたりで世間話をしたりするんだ。

なんでこんなことをしているか、って。まあそれは、タケちゃんが世話焼きさんだからっていう答えが一番正しいかな。

——あの時から。

世話焼きさんのタケちゃんは、いまだにこうやって私と会話をすることで、私の状態を把握したいんだろう。タケちゃんのことは心から信頼《しんらい》してるから、素直にこの雑談会はとても楽しいと思うし、感謝もしている。

「……それで、野山は。まだ、描けないか？」

ドクン、と。大きく心臓が揺《ゆ》れた。最近は、誰にも言われることがなかったのに。

タケちゃんは、まっすぐに私を見ていた。

「……まだ、です」

私には、そう言って弱々しく笑うことしかできない。

「まあ、ゆっくり行こうな」

タケちゃんはそれ以上なにも言わず、私の頭にポン、と手のひらをのせた。私は笑みを浮かべたけれど、心の中では、タケちゃんにごめんなさいとつぶやく。

「……ノガミのこと、よろしく頼むよ」

社会資料室を出る時、椅子に座ったままタケちゃんはそう言って笑った。まかせて、なんて笑顔で返して。そしてゆっくりと、扉を閉めた。

タケちゃんがなぜノガミくんを連れてきたのか、今なら少しわかる。

――目を奪うほどの原色。

彼は、かつて私が描いていた絵と、とてもよく似ている。抽象的な私の絵を、まるで形にしたものが彼だったかのように。

だから時々、ノガミくんを見ていると胸が苦しくなるんだ。ノガミくんのこと、もっと知りたいし、もっと仲よくなりたいって思ってる。

だけどそれ以上に。

彼に近づけば近づくほど、なにかが遠のいてしまいそうな気がする。彼を知れば知るほど、あの時みたいに、すべてがなくなってしまうんじゃないかって。そんな気がしてとても、怖いんだ。


「たーだいまっ！」

わざと上機嫌に美術室の扉を開ける。なんだかやたら静かだなあと廊下《ろうか》を歩いている時に思っていたけれど、それもそのはずだ。だってそこには、カナもノガミくんもいなかったんだから。

カナはすぐに帰る癖があるからしょうがないけれど、ノガミくんは待っていてくれたってよかったのに。ちょっと膨れながら自分の荷物を持って、美術室を出る。

この時期になるともう外は暗くて、指先にあたる風はとても冷たい。運動部が練習を終える挨拶《あいさつ》をしているのが聞こえた。

薄暗《うすぐら》い廊下をひとりで歩く。

最近は、いつもノガミくんが一緒に帰ってくれていたから、なんだか変な感じだ。

……ノガミくん、どうして帰っちゃったんだろう。いつも、なんだかんだ言って優しくて、だるい、なんて言いながら部活に毎日来てくれて。そして、最後まで残る私と一緒におしゃべりを続けてくれて。

ノガミくんって、不思議な人だ。

あんなに派手な外見からは想像できないくらい、かわいくて、優しい人。

ひとりでいると、余計なことをよく考えてしまう。

このまま歩いていったら、いつの間にか知らない場所でひとりきりになってしまったらどうしよう、とか。その時、私のことを見つけだしてくれる人はいるのかな、とか。暗い廊下をひとり歩くことが、とても寂しいと感じてしまっているのは、ノガミくんのせいだ、とか。

「──でも……」

きっと。これは、きっと。

ノガミくんなら、私を見知らぬ場所から見つけだして、きっと手を引いてそこから一緒に逃げてくれる。きっと、きっと、「捜したわ、アホ」だとかなんとか言って、私を見つけだしてくれるんだ。

「……ウ」

ふと。かすかに、誰かに呼ばれたような気がして、立ち止まり振り返った。考えごとをしていたせいで周りが見えていなかったみたいだ。我に返ると、すでに下駄箱《げたばこ》のところまで来ていた。

あたりをきょろきょろと見回してみたけど、私以外に誰もいない。やっぱり気のせいか、そう思って下駄箱のほうに向きなおった。すると。

「おい、無視すんなよ」

そう言って、私のクラスの下駄箱にもたれかかったノガミくんが、目の前にいた。

「えっ……？　ノガミくん……なんで、いるの？」

「いたらダメなのかよ」

カバンのひもを、ギュッと握りしめる。

ノガミくんが目の前にいる。

待ちくたびれたとでも言うように腕を組んで、下駄箱にもたれかかっている姿も様になる。暗くて、表情はよく見えないけれど。

「ダメじゃないけど……。先に帰っても、よかったのに」

本当は。本当は、ノガミくんがここにいてくれたことが、すごくすごくうれしいのに、私って素直じゃない。

ノガミくんは黙って、そしてもたれていた下駄箱からそっと背中を離した。

「ノガミくん……？」

ノガミくんは私の言葉に答えることなくゆっくりこちらへ近づいてきて、私の目の前で歩みを止めた。

私よりずいぶんと背の高い彼を見上げる。さっきまで曖昧《あいまい》にしか見えていなかった表情が、はっきりと見えた。

ノガミくんは、今にも泣いてしまいそうな顔をしていた。少し揺らせば、一瞬で崩《くず》れおちてしまうようなもろさを隠せないでいる。普段の彼からは、想像もつかないような表情。

「ノガミく……」

「……ミウ」

今にも崩れてしまいそうな彼は、絞り出すような声でそう言った。私が返事をしなかったからか、もう一度はっきりとした声で再び言う。

「ミウ」

それはまるで、私の存在を確認するかのようにあたたかい声だった。そして、その言葉と同時に、ノガミくんが私の手を取った。優しく、それでいて、少し強引に。

「きゃっ……！」

反動で、倒《たお》れそうになった私を、ノガミくんが抱きとめた。

ノガミくんの腕の中に、すっぽりと収まる自分の体。なんて自分は小さいんだろうと思う。ドクドクと心臓が鳴って、体全体が熱を帯びているみたいだ。それは、初めて会った時の気持ちとよく似ている。

「ノガミ、くん……?」

名前を呼ぶけれど、ノガミくんは私をつかまえている手の力をゆるめようとはしなかった。私の左手をつかまえる彼の右手。倒れそうになった私を抱き寄せた、左手。私の背はノガミくんの胸くらいまでしかなく、彼の吐息は頭に触《ふ》れている。

このどきどきが。ノガミくんに伝わっているんじゃないかって。聞こえてしまいそうなほど、激しく心臓が鳴っている。

ああ、どうしよう。どうしよう——。

ノガミくんがここにいることを、体が実感している。あたたかくて、優しい彼が、ここにいることを。

ノガミくんはひと言も発しない。私を包む彼の両手は、そっと触れるように優しく、それでもしっかりと私を支えてくれている。

「ノガミ、くん」

再び私がそう問いかけた時、ノガミくんはゆっくりと、私から体を離した。体がゆっくりと離れると同時に、彼の体温も離れてゆく。でもノガミくんは、私の左手だけは、離さなかった。

ゆっくりと顔を上げる。ノガミくんはうつむいていて、顔がよく見えない。

なぜだろう。離したくないとでも言っているように、熱い彼の手が強く私の左手を握りしめていた。

「ノガミ、くん……？」

「……もうたぶん、完全に……」

うつむいたノガミくんがボソボソとつぶやく。私はその先を促すようにノガミくんに聞き返す。

「……完全に？　ノガミくんごめん、よく聞こえな──」

私が言い終わる前に、ノガミくんが言葉を発した。その時ノガミくんは顔を上げて、まっすぐ私を見ていた。

「──ミウが好きだ」

そう言った、ノガミくんの顔を見た。私、思ったんだ。

──ああ、やっぱり。

ノガミくんは、どこにいても私を見つけだしてくれる、救世主なのかもしれないな、って。

＊＊＊

『ミウが好きだ』

それは突然でもなく、冗談《じょうだん》でもない。言いたいから言った。俺が、この目の前にいるミウのことが、誰よりも好きだってことを。

「ノガミくん、なに言って……」

「……本気だよ、俺。ミウのことが好き」

目を見開いて顔を赤くしたミウは、俺の手を振り払おうと手首を動かしたけれど、俺は離さないようにそれをさらに強く握った。ミウがますます赤くなる。そんなのかわいくて、どうしろっていうんだよ。

握った手を、離せるわけがなかった。離したくなかった。小さくてあたたかい、ミウの手を。

——あの絵を見てから。

カナは丁寧《ていねい》に、もとにあった場所にそれを返した。そこにはいくつもの絵が無造作に置かれていて、それらを目にした瞬間、言われなくてもミウが描いたものだとピンときた。

俺はそのたくさんの絵にかぶったホコリを、さらさらと手で落としてやった。カナは黙って、それを見ていた。

　ミウの絵はどれも抽象的だった。描かれた色たちがなにを表現しているのかなんて俺にはわからないけれど、それでも力強く訴《うった》えかけてくるなにかを感じて。ああ、芸術ってこういうことか、と。心を打たれるってこういうことか、と。俺はぎゅっと、ミウに心臓をわしづかみにされたようだった。

　俺はカナになにも聞かなかったし、カナもこれといって俺にそれ以上話すことはしなかった。

　なぜ、ミウがもう絵を描かないのかも。

　なぜ、あの絵をあんな場所に放置してあるのかも。

　ただ、カナは帰り際、俺に言ったんだ。

『ノガミ。ミウのことが本当に好きなら……あの子を、救ってやって』

　──救う？　俺が？　ミウを？

　問いかけようとした言葉は、言葉にならなくて。だってカナが、今にも泣きそうな顔をしていたから。

　そしてその言葉を受け止めたのと同時にわかった。

　俺はどうしようもなく──ミウのことが、好きなんだって。

　まだわからない彼女に触れたい。

　できることなら、カナが言うように、俺がミウを救ってやりたい。

ミウをもっと、知りたい。

思わず手を引いて、ミウが俺の中にすっぽりと収まった時、もう離したくないと本気で思った。

このまま、俺のものになってしまえばいい。

ミウがなにを抱えていて、なにを隠しているのか、俺にはまだなにもわからないよ。

だけど、そんなきみを抱きしめたいと思うこの感情は、決して同情や嘘なんかじゃないんだ。

強く、強く、強く、こわれるほど、苦しいほど、ミウを抱きしめたい。

握った手の力をゆるめて、指を絡める。驚くミウの肩に、俺は頭をゆっくりとおろした。触れた瞬間に、びくりと反応するミウがかわいくて、思わず口もとがゆるんだ。

「なあ……返事、まだいらないから。俺がミウのことすげえ好きってことだけ、知っといて」

「困ると思って普通にしてんのわかんない？」
3.
知れば、惹かれてしまう

あの時、肩に触れたノガミくんの額の熱さと、私のことを『好き』だと言った声が、今でも頭の中をぐるぐる回っていた。

「ミウ、最近変だけどなんかあったの？」

「へ、変ってなにが⁉」

「挙動不審」

いつもの窓際でのお弁当。カナは疑《うたが》うような目で私を見つめた。

それもそのはず。だって、あんなことを言ったノガミくんは、彼に会うことさえ緊《きん》張《ちょう》して心臓がバクバクだった私とは正反対に、なにごともなかったような顔で次の日からも美術室にやって来たのだ。

あれから一週間。いつもどおりの毎日が過ぎて。正直あの時のことは夢だったんじゃないか、なんて思いはじめている私がいる。

「なにもないよ！」

「ふうん……ノガミになんかされたのかと思った」

カナがお弁当を箸《はし》でつつきながら真面目にそう言うから、私は飲んでいたいちごミルクが喉に引っかかってむせてしまった。カナってば変なところで勘が鋭《するど》い。

「げほっげほっ……な、なにもないから、ほんとに！　げほっ……」

「ちょ、大丈夫？」

カナが私の背中をさすってくれる。その手はとてもあたたかい。何度この手に救われてきたのかわからないほど。

だから。今までカナにはなんでも話してきた。ノガミくんの話だって、いつものように笑って話せばいいのに。あの時のノガミくんの顔を思い出すと、私はどうしてもそれを口にすることができなかった。

「そ、それよりさ、あと二週間で文化祭だよ？　どうする？」

「ああ、もうそんな時期ね……」

うまくごまかせたかな。カナは私の背中をさするのをやめて、考えるようにして自分のもといた場所に戻った。

うちの学校の文化祭は十一月中旬だ。

当然、文化部の美術部は活動していないとはいえ部活として登録している以上、なにか出店しないと許されない。クラスの模擬店は、委員長なんかが中心になってもう動きだしているっていうのに、私たちはそれについて話してすらいない。

「出店って言っても部員三人しかいないしねぇ……。去年は適当に作品並べてたけど、今年は並べる作品もないし……」

そこまで言って、あ、しまった、と思う。カナの表情が変わるのはわかりにくいけど、今少しだけ反応したのがわかった。

並べる作品がない。

当たり前だ。だって私たちは、美術部の活動なんてなにもしてない。

「……とりあえず、今日の部活で文化祭について話し合いね」

カナは私の言葉には触れずに、静かにそう言った。それと同時に、授業の開始五分前のチャイムが鳴って、私は助かった、なんて思った。

「は？　文化祭に出店？　なにそれ。俺も参加すんの？」

「当たり前でしょ。アンタいちおう美術部員なんだから」

カナとノガミくんの会話を聞きながらノガミくんの顔を見ると、不機嫌そうに顔をゆがませていた。

あれから一週間もたっている。

でも、ノガミくんは今みたいに本当に普通で、ヘンに意識しているのは私だけみたいだ。あの時、好きだ、って。ノガミくんはそう言ったのに。こんなに普通なんて逆におかしい。やっぱりあれは夢かなにかで、私の勘違いかもしれない。それか、ノガミくんの冗談で、笑いとばすべきところだったのかも。

「で？　ミウはどうなの」

いきなり名前を呼ばれて、はっと我に返る。ノガミくんがまっすぐこっちを見ていて、ぱちりと目が合った。

私はそれをそらす。ほら。目をそらすのは、いつも私のほうだ。

「ご、ごめんよく聞いてなかった」

「だーから。文化祭でなにやるかってこと！　お昼も話してたでしょ」

「ああそうだった、ごめんごめん！」

カナは不機嫌そうにノートに案を書いている。文化祭って言ったって、なにもしていない美術部になにが出店できるっていうんだろう。

「低コストで高クオリティ。できれば部費になるように稼《かせ》ぎたいわね。三人しか人数がいないってことも配慮《はいりょ》するとかなり厳しいけど」

ノガミくんはめんどくさそうにしているけれど、カナと私は真剣に頭を悩《なや》ませた。そもそも、こんな地味な美術部に大勢の人が集まってくれる店を出そうだなんて無理がある。

頭を抱えた私たちふたりを見て、頬づえをついていたノガミくんが突然ニヤリと笑って声を発した。

「いいこと思いついた」

「いいこと？」

「どうせ三人なんかじゃなんもできねーだろ？　それなら、写真部と手を組もうぜ」

「写真部と手を組む？」

私はノガミくんの提案に疑問符を浮かべた。カナも同じように不思議そうにノガミくんを見つめている。

「そう。俺、写真部に友達いるし。あっちも部員数五人くらいしかいなくて、廃部の危機《きき》らしいしさ。ちょうどいいだろ？」

「でも、廃部寸前の美術部と写真部になにができるっていうのよ？」

カナの問いかけは正論だ。いくら協力したって、結果として人数は十人にも満たないし、それにふたつの部活が協力したからってなんのメリットがあるの？

「まあいいから、俺のプラン聞いてよ」

さっきまでめんどくさそうに座っていただけだったのに、ノガミくんは楽しそうにカナからノートとペンを奪い取る。

「まず、この美術室を四つのゾーンに分ける」

ノートに描かれた長方形。これは美術室を表している。ノガミくんはそこに縦と横の線を引いて、四つの長方形をつくった。

「四つのゾーンにそれぞれテーマをつける。たとえば、夢」

ノガミくんは、四つある長方形のうちひとつに「夢」と記《しる》す。私もカナも、黙ってノガミくんの話を聞いていた。

「決めた四つのテーマに従って、俺らはその空間をつくろう。段ボールかなにかで壁を作って周りからは見えないようにするんだ」

「まって、たしかに楽しそうだけど、それと写真部となんの関係が――」

「四つのゾーンで写真を撮《と》ってもらえるようにするんだよ。一枚百円とかにして。SNS映えのことを考えると、女子ウケは確実だろ。それをねらうんだよ」

私もカナも、なにも言えなくなってしまった。ノガミくんは意外と、流行を取り入れたり新しいことを考えたりするのが好きなのかもしれない。

だって、すごく楽しそうだ。

ノガミくんの提案に従って、意見を言い合いながら文化祭の出し物が決まっていった。四つの写真映えする空間をつくる。それなら美術部らしくもあるし、写真部と手を組むっていうのにも納得だ。

話し合った結果、四つのテーマは、「夢」「風船」「世界」「かわいい」に決まった。

写真部には、ノガミくんが友達に連絡《れんらく》をすると一分もしないうちにOKの返事がきた。

空間をつくる、なんて難しいけれど、なんだかとてもわくわくする。こんなにスムーズに話が進んで、しかも絶対に楽しい。

ノガミくんって、やっぱりすごい。いつも周りに人がいるのは、ノガミくんのこういう人間性からなんだろうな。

「風船は安いとこでたくさん買ってきて飾《かざ》ればいいだろ。簡単だし低コスト。しかも女子ウケは最高。持ってこいだな」

「ほかのテーマは抽象的すぎてどうすればいいかわからないよ」

「んー、まあそれはその担当になった奴のセンスに任せる」

「ノガミが担当になった空間なんてすごく派手になりそうだけど」

「まあそれは否めねえけど……」

ノガミくんの言葉にカナも私も笑ってしまう。文化祭なんて特別楽しみにしていたことないけれど、今年はきっと楽しくなる。そんな予感がする。

カナがいつものように帰ったあと、めずらしく私とノガミくんは真面目な話をして、隣同士に座ってひとつのノートを見つめていた。

「写真一枚百円は、やっぱりちょっと高くない？　もうちょっと下げないと、お客さん来なくなっちゃうよ」

「それはまあ写真部の奴に相談だな。うまくいくかわかんねえけど」

真剣に話をするノガミくんは、いつもと違って新鮮《しんせん》だ。けれど、本当に普通。なにもなかったかのような振る舞いを見て、やっぱりあの告白は私の勘違いだったんだって思うしかないみたい。

「ヤバイ、もうこんな時間だ」

私たちは長い間話しこんでいて、気づくともう校舎の施錠《せじょう》時間が迫《せま》っていた。

「じゃあこの話はまた明日だな。帰るぞ、ミウ」

ドクン、と。ミウ、と呼ばれたその声に、心臓が鳴ったのはなぜだろう。

私は荷物をまとめて、急いでノガミくんへと駆け寄る。ふたりで美術室を出て、下駄箱に向かう。

ノガミくんが入部してきて、仲よくなってから、ノガミくんは毎日こうやって一緒に帰ってくれる。学校を出たあとも、家の方向が一緒なのか駅まで一緒に歩いてくれて。

──ノガミくんが私に言った『好き』は、やっぱり冗談だったのかな。

もしそうだとしたら、こんなに意識してしまっていることがすごく恥ずかしい。あの時私は走って逃げてしまって、ノガミくんになにも言えていない。笑いとばすはずだったところを、真面目に受け止めたと思われたら本当にめんどくさい奴になってしまう。

「ねえ、ノガミくん」

午後五時半。学校を出ると、すっかり暗くなってしまった道を駅に向かって肩を並べて歩く。夕方見えていた影《かげ》ももう見えないくらいの季節になってしまったんだな。

「……どうして、こんなに真剣に文化祭のこと、考えてくれるの？」

『あの時、どうして好きだって言ったの？』

そんな言葉が出かかって、止めた。ノガミくんの返事が怖かったから。

……私って、ずるい奴だ。

隣のノガミくんは、少しの間をおいて口を開いた。

「どうしてって……」

「うん？」

「……ミウがいるから？」

え、と。驚いて立ち止まる私。

それに驚いて、え、と立ち止まるノガミくん。

固まった私のほうを振り返ってノガミくんが笑った。おかしい。暗いのに、ノガミくんの顔だけははっきりと見える。

ノガミくんは私のほうまで寄ってきて、顔をのぞき込んできた。

「なっ……！　なにっ……」

「ふはっ、ミウ顔真っ赤だけど」

ノガミくんは余裕《よゆう》そうに私から顔を離してそう笑っている。自分の顔が熱いのはわかっている。でもノガミくんがものすごく楽しそうで、なんだか悔しい。

「い、意味わからない冗談ばっかり言わないで……」

「冗談ばっかり？」

ノガミくんはいきなり不機嫌そうな顔をする。だって、だって。ノガミくんが、そんなに余裕そうだからだよ。

「ノガミくんは、こういうの慣れてるかもだけどっ……。よ、余裕すぎる！　ノガミくんの馬鹿！」

あ、ちょっと言いすぎたかも、なんて。言ってからじゃもう遅くて。顔を上げたら、ますます不機嫌そうなノガミくんがこっちに近づいてきていた。そして、私のすぐ目の前で立ち止まる。

私はノガミくんから目が離せなくて、顔を上げて彼を見つめた。

「冗談じゃないけど」

え、と。声にならない言葉が体に残る。ノガミくんは不機嫌そうに、でもまっすぐに、私を見おろしていた。

「つーか、余裕すぎるってなんだよ」

はあ、と一回ため息をついてから、ノガミくんはゆっくりと、私の肩に頭をのせた。

――あの時と、同じだ。

額からノガミくんのぬくもりが伝わってくる。首にあたる髪の毛はふわふわでやわらかい。

「だってノガミくんが……」

「冗談じゃねえし、余裕なんてねーよ」

ああ、どうしよう。心臓が鳴りやまない。耳もとでささやかれるノガミくんの声。

私は自分の服の裾をぎゅっと握りしめる。

「ミウが困ると思って普通にしてんの、わかんない？」

ああもう、どうしよう――。

普通にしててくれたのは、私が困るから？　めんどくさそうだった文化祭の案を真剣に考えてくれたのは私のため？

ねえノガミくん。

ノガミくんことを知れば知るほど――私、ノガミくんに惹かれてしまうよ。自分の気持ちにまっすぐなノガミくんのその性格が、とてもまぶしいと思うよ。

「の、ノガミくん、わかったからっ……」

ノガミくんの肩を押す。離れるノガミくんの体。私が無理やり引きはがしたからか、ノガミくんはまた不機嫌そうだ。

「と、とりあえずは、文化祭がんばろう？　ね？」

「……わかってるっつの、アホ」

ノガミくんは不機嫌そうに、前を向いて歩きだす。私はその横に駆けていって。いつの間にか、この隣に慣れてしまったんだなあ、って。ノガミくんの思いが冗談じゃないってことは、少しだけ、わかった。

それと同時に、自分がどうしようもなくノガミくんに惹かれていることも、この胸の高鳴りと全身の熱さで、認めないわけにはいかなかった。

「俺らってさ、意外と似てるんだね」
4.
きみに、近づく

そろそろ足が痛くなってきた。さっきからずっとこの階を歩きまわっているんだもん。ローファーがもう歩きたくない、って言ってるみたいだ。

「おーい、ミウ？」

だいぶ前を歩いていたノガミくんが、やっと私の存在を気にして立ち止まったみたい。人が多くてよく見えないけれど。

「もー……。ノガミくん歩くの早いし、どれだけ歩くの……」

「ゴメンゴメン、だって買い物って楽しいだろ？」

ノガミくんはそう言って私のほうへ戻ってきた。顔はとっても楽しそう。足取りも軽い。私はこんなに疲れたっていうのに。

「もう、今日は文化祭の買い出しでしょ」

「そんな堅《かた》いこと言ってんなって。せっかくなんだからさ」

そう。今日、私とノガミくんは、近くのショッピングモールに文化祭の買い出しをしに来ている。

カナは「めんどくさい」の一点張りで、一緒に行ってくれそうもなかったから、しょうがなくノガミくんとふたりでやって来たってわけだ。

それなのに、ノガミくんったらはしゃいで、さっきから関係ないものばっかり見ている。外見からもわかるけど、ノガミくんは雑貨や服なんかが大好きみたい。

いつも制服のシャツの下に着ている派手な色のTシャツや、もうすぐ使うであろうマフラーなんかを見ていた。もちろん、見ているものはいかにもノガミくんらしい派手な色のものばかり。

目をキラキラさせて、子どもみたいにはしゃぐノガミくん。

でも、素敵だな。あんなふうに、自分の好きなものを堂々と好きだと言えること。

ノガミくんが手に取るものはいつも、人目を引くいいデザインのものばかりだ。

……私は絶対、そんなに派手な色のもの、身につけたりなんてしないけれど。

「ノガミくん！　とりあえず休みたい！　です！」

疲れた私はノガミくんへと声を張りあげる。周りの人がチラチラと見ているけど、そんなことも気にならないぐらい、足の痛さは重症《じゅうしょう》レベルだ。

「ミウ、体力なさすぎだろ」

「ノガミくんが歩きすぎなの！」

「わかった、わかった、怒んなって。たくさん歩かせてごめんな」

ノガミくんは、私の頭にポンと手をのせた。その口調が優しくて、私はなにも言えなくなってしまう。さっきまで、私のことなんて気にもしていなかったくせに。

「とりあえずどっか座ろう」

ノガミくんは私の手を引いて歩きだす。今度は、私の歩調に合わせてゆっくりと。

なにも言われずにつながれた手。だけどこれが不思議としっくりきてしまう。ノガミくんに触れられると、どきっとして、それから、あったかいココアみたいな安心感に包まれるんだ。

あの日の帰り道、ノガミくんが私のことを好きでいてくれるってことが、ちゃんと自分の中でわかってしまって。でもノガミくんは、あのあとも、次の日からも、また〝普通〟に接してくれている。私が、困るから。

いったいいつから。どうして。なんで。

疑問がたくさん浮かんできたけど、私はノガミくんになにも聞くことができていないんだ。だって、人の気持ちを知ったり、人の心の中に入りこむことは、……すごく怖いことだから。

「席空いててよかった」

金曜日の夕方。ショッピングモールは私たちと同じような学生であふれていた。

ファストフード店が集まったフードコートの一席に座ると、ノガミくんがなにか買ってくる、と席を立った。

「なにがいい？」

「えっ」

「えっ、ってなんだよ。なに飲みたいって聞いてんの」

「あ、じゃあホットココア……」

ノガミくんはフッと笑う。そして、わかったと言って人混みの中に消えていく。その後ろ姿を見ていると、近くに座っている女子高生の団体が、ノガミくんを指さしてはしゃいでいるのが聞こえてきた。

「ね、今の人カッコよくない⁉」

「えー、でもチャラそうだよ」

「そこがいいんじゃん！　声かけてみようかなあ」

女の子たちは、目をキラキラさせて話している。ノガミくんは、やっぱり人目につくほどの外見をしているんだな。

くるくるときれいに巻かれたロングの髪の毛。爪《つめ》の先までピンクに彩《いろど》られている彼女たちはとってもかわいくて、私はこの子たちと同じ女子高生だってことが恥ずかしく感じるくらいだ。派手でカッコいいノガミくんの隣は、きっとこういう子たちが似合う。キラキラしていて、かわいくて。

タケちゃんが無理やりに連れてこなかったら、絶対に関わることもなかった人。そう思うと、ノガミくんが私に言った「好き」は、奇跡《きせき》みたいなものかもしれないな。

ノガミくんはいったい、私なんかのどこがいいんだろう。全然わからないよ。

数分たって、両手に有名チェーン店のカップを持ったノガミくんが小走りに帰ってきた。

「もー、ここ混みすぎ！」

「ありがとう、ノガミくん」

立ち上がって、人混みにいやそうな顔をするノガミくんからホットココアを受け取った。その光景を見ていたさっきの女の子たちは、「なんだ、彼女持ちかー」なんて、明らかに聞こえる声でそう言い放つ。

たぶんノガミくんは、こういうことに慣れているんだと思う。聞こえていて、知らないフリをしている。だから私も、それが聞こえないフリをした。どうやったって、絶対に聞こえているのに。

「あ、ノガミくん、お金払うよ」

「は？　いいよ別に」

「よくないよ！　いくらだった？」

「いや、いいからほんと。これくらいおごらせろよ」

なんでもないみたいにうつむいて。そのままノガミくんが席に着いたから、私もつられて座る。

女の子たちは、チラチラとこっちを見ている。たぶん、きっと。ノガミくんといるのが、なんで私みたいな子なんだろうって言われている。そんな気がする。

ああ、やだな。なんだか自分がカッコ悪い。もっと堂々と、ノガミくんのそばにいられないのかな。

「私、彼女じゃないのに……」

ポロリと口から出た言葉にはっとして、ノガミくんを見る。ノガミくんはこっちを見ていなかった。

違う。たぶん。ノガミくんに聞こえてしまった言葉は私の思いとは違う。ノガミくんはたぶん、今の言葉を、〝彼女じゃないのに、おごられるのなんて変だ〟って意味にとらえてしまったかもしれない。

だって、ノガミくんの顔がみるみる不機嫌になっていくのがわかるんだもん。

「あの、ノガミく……」

「……まあ、事実だよ。ミウは俺の彼女じゃないし、俺はミウの彼氏じゃない」

これで満足か？　とでも言うように、ノガミくんは手にしていたものをひと口飲んだ。それが、私と同じホットココアだっていうことに、その時初めて気づいたんだ。

「なんだ、やっぱり付き合ってないじゃん」

「だってどう見ても系統違うし」

「あんな人が学校にいたらよかったのになー」

また、女の子たちの声が聞こえてくる。ノガミくんは私のほうには目を向けず、ココアを飲んでいる。

『ミウは俺の彼女じゃないし、俺はミウの彼氏じゃない』

そんなの、そうだよ。でもノガミくんは、私のことを好きだって言った。あんなにかわいい子たちがカッコいいって騒《さわ》いでいるのに、それを聞こえないフリをして、私のほうへ駆けてきてくれる。好きなものに対して素直にまっすぐなノガミくんらしいとも思うし、その対象が自分であることがどうしてだかくすぐったくて。

『彼女じゃないのに』っていうのは、ノガミくんが思っている意味と違うよ。あれは、私自身に向けた言葉なんだよ。私はノガミくんの彼女じゃないのに、ノガミくんの隣に堂々といれないことがちょっと悔しいんだ。それから、ノガミくんがどこか遠い人みたいで、なんだか寂しい。

こんなに自分勝手な私の思いを知ったら、ノガミくんはどうするのかな。

ノガミくんの「好き」に答えない私。

ノガミくんの隣が似合わないのはいやだって思う私。

ノガミくんの隣にいたいってそう思ってしまう。こんなの、とっても自分勝手だけれど。もっと堂々とノガミくんといたい。ノガミくんが『自分の好きなものに正直でありたい』って言ったように。

「……ノガミくん」

話しかけても、ノガミくんからの返事はない。少し怖くて、顔を上げることができない私は、そのまま話しだす。

「さっき言った言葉の意味、はね……私、彼女じゃないのに、ノガミくんがほかの女の子に騒がれているのを聞いて、なんだかモヤモヤして……ごめんなさい。もっと、ノガミくんと一緒にいられるような人になりたいって、そう思って……」

せっかく言った言葉も、ガヤガヤとうるさいフードコート内の空気に溶けていく。

うつむく私は、ノガミくんの表情が見えない。

返事は、ない。

もしかしたら……ううん、きっと。聞こえなかったんだ。だってノガミくんは、人の言葉を無視するような、そんな人じゃない。

私はココアを手に取って、それを一気に飲み干す。冷めてぬるくなったそれは私にはちょうどよくて、このままココアに溶けてしまいたいってそう思う。

ノガミくんはずっと、口を開かない。飲み終わったカップをテーブルに置くと同時に、私は彼へと目を向けた。

むすっとして、頬づえをついている。私のほうは、見ていない。

……こんなの、ノガミくんが入部してきてから初めてだ。態度はでかいし、口も悪いけれど、いつだって優しくて、まっすぐ私たちと向き合ってくれていた。

まだ口に残るココアの甘さが甘ったるい。さっきの女の子たちはいつの間にかもういなくなっていて、ノガミくんのカップの中身はとっくの前になくなっていたことに気づく。

ほら、ね。ノガミくんはやっぱり優しいよ。私が飲み終わるのを、待っていてくれたんだね。

「……ノガミくん。買い物の続き、しよう」

「足、大丈夫なのかよ」

やっとノガミくんがこっちを向いた。視線だけ。

私はちょっと笑ってしまった。ノガミくんは怒っているはずなのに、私の足の心配をしているなんて。

「心配ありがとう。でももう平気。行こうノガミくん」

ノガミくんはまだちょっと不機嫌そうに、飲み終わったふたつのカップを手に取って捨てにいく。ノガミくんってこんなに気が利く人だっけ？

ありがとう、って帰ってきたノガミくんに言ってみたけど、反応は薄い。不機嫌極まりないノガミくん。私のせいだけれど。

「もう……」

怒ったようにそうつぶやくと、ノガミくんはいきなり私の手をひいた。そして、ずんずんと進みだす。

「え、ちょっと、ノガミくん」

「うるせえ、早く行くぞ」

こっちには振り向かない。でも、ノガミくんの手はあったかくて、優しかった。私は前を歩くノガミくんの背中を見て、自然に頬がゆるむ。

「へへっ、ノガミくん、まずは風船だよ」

「はいはい、わかった、わかった」

風船の売り場がわかるのか疑問だけど、ノガミくんはスタスタと歩いていく。途《と》中《ちゅう》で何度もさっきのような女の子たちがノガミくんを見てなにか言っていたけど、なんだかもう、なんでもいいや。

だって、ノガミくんが今つかんでくれているのは、まぎれもなく私の手だから。

「とりあえずペンキと絵の具はこれだけでいいよな。風船は買うだけ買ったし、小物もそれなりに……」

「あ、ねえねえ、私そういえば漫画《まんが》の新刊欲しいんだった」

「……おっまえなあ……」

「ノガミくんだって最初自分の好きなもの見てたじゃん！　さあ本屋へレッツゴー」

ノガミくんがあきれた顔で私についてくる。もうほとんど買い物はすんだし、ちょっとくらいいいじゃないか。私は足早に大好きな漫画の新刊コーナーへと向かう。後ろから遅《おく》れてやって来たノガミくんはあきれている。私はそんなのおかまいなしに、周りをキョロキョロ見回して目あてのものを捜す。

「あ！」

あった！って、舞い上がったのもつかの間。だって私の声に誰かの声が重なったんだもん。いや、誰かの声じゃなくて、これはきっと……。

私の予想は的中した。後ろを振り返ったら、目をキラキラさせたノガミくんがいて。目線は、私が欲しいそれに向けられていた。

「えーっと。ノガミくんもこれ、読んでるの？」

「ミウも読んでんの？」

私が一冊その漫画を持ち上げると、ノガミくんも一冊手に取る。そんなに有名な作品じゃないし、単行本まで買う人がこんなに身近にいたなんて。

「もうこれ、超《ちょう》おもしろいよねっ。ノガミくんも読んでるなんて思わなかったよ！　私この漫画が好きだっていう人に初めて出会った！　最新刊出るのすっごい楽しみにしてたんだから！」

興奮《こうふん》ぎみに話すと、ノガミくんが「ははは」って、声を出して笑いだした。

な、なんで笑うの。私はノガミくんとこの気持ちを共有しようとしただけなのに。

「あー、おもしろい……ははっ」

「ちょっとノガミくん……！　なんで笑うのか全然わかんないんだけど……！」

「なんでって……」

ノガミくんは笑いながら、私を見た。なんだかその優しい瞳に、きれいなその色に、吸いこまれてしまいそうだ。

「……俺らってさ、意外と似てるんだね」

「えっ……!?」

ノガミくんの言葉に目を丸くする私。

ノガミくんはまた笑う。いつもよりもっと、優しい表情で。

「これもそうだし、ココアもそう」

ノガミくんは持っている漫画の新刊に視線を落とす。私が好きな漫画。ノガミくんも好きなそれ。私がホットココアを頼んだ時ノガミくんが笑ったのは、自分が買おうとしていたものと同じものをリクエストされたから？

「それから、いちいち俺が手に取るものをうらやましそうに見てるじゃん、ミウ」

「え――」

「本当は好きなんだろ？　ああいう色が」

びっくりして、声が出ない。ノガミくんはすべてお見通しだとでも言うように、私から漫画を取り上げる。

買ってきてやるから、待ってて。そんなふうにノガミくんは言ってレジへ向かったけど、私はそこから数秒間動くことができなかった。

ショッピングモールの一角にあるんだから、本屋でもそれなりに中はガヤガヤとうるさくて。それなのに、ここだけポツンと取り残されたように静まり返っているみたい。ふと顔を上げると、そこにはたくさんの本が並べられていて。平積みにされた本の美しい表紙が目にとまる。

――そうだよ、そのとおりだ。

たとえば今、あの棚から好きなものを選べと言われたら、漫画しか読まない私は表紙につられて本を選ぶだろう。そうしたらきっと、私は一番右端《みぎはし》に売られている、派手な色をしたあの本を選ぶ。濃《こ》い青をベースにいろんな色がにじんでいるようなそれは、私の目を引きつける。

私は、ノガミくんみたいに、濃くて、濃くて、派手な、そんな色が好きだ。色がごちゃごちゃに混ざって、混ざって混ざって、そして、ひとつになった。

――私は、あの感覚を今でも忘れることができない。あの、一番幸福な瞬間を。

「なんだよ、本屋の外に出るならそう言っとけよ。捜しただろーが」

あれから数分して、ノガミくんが私のところへ戻ってきた。本屋の袋《ふくろ》の中には、私たちが好きな漫画がふたつ、入っている。私はノガミくんに、ごめん、って笑って返す。

ノガミくんが似ていると言った私たち。どこからどう見ても正反対なはずなのにね。どうして。どうして、ノガミくんにはわかってしまったんだろう。

『本当は好きなんだろ?』って。ノガミくんが体全体で好きだという色たちを、私はそんなにうらやましそうに見ていたのかな。

「私、ノガミくんがうらやましいのかも……」

「え、なに?」

ノガミくんにギリギリ聞こえる声で、なんでもないよ、って返す。やめておこう。この話はもう終わり。ノガミくんは似ているって言ったけど、やっぱり私とノガミくんはちっとも似てなんかいないよ。そりゃあ、好きな漫画や飲み物が同じだったことは認めるけれど。

きみが好きな色を、私はもう愛せないよ。

もうどうしたって、私は染めることができない。ノガミくんみたいに、まっすぐ好きだと言うことはできないんだ。

「なあ、ミウ、聞いてる？」

「えっ、あっ、ごめん」

「なに上の空になってんの。もう時間も時間だし、そろそろ帰るぞ」

「ああ、うん。そうだね」

歩きだしたノガミくんの背中を追う。さっきよりも人が少なくなったモール街。ちょっと後ろを歩いてみればわかる。ノガミくんがどれだけ人目を引くかということ。ブレザーの下に着ているのは日によって違う明るい色のカーディガン。履《は》き古したレッドのスニーカー。リュックは毎日気分で変えているみたいだけど、今日はノガミくんがよく使っているお気に入りの真っ青なものだ。髪の色は地毛なのに金髪に近いほど色の抜けた茶髪。雪のように白い肌。ゆるく腰ではいたズボンと、派手な紫のベルト。そして、ほかの誰とも違う碧《みどり》色の瞳。

普通の人だったら身にまとうのもためらってしまうようなそれらの色たちが、なぜかしっくりとノガミくんになじんでいる。まるで色の神様に愛されているかのように。

「なあ、ミウ」

「うん？」

ノガミくんが振り返って私を呼んだから、小走りにノガミくんの隣へと走る。ちょうどショッピングモールの外へ出るところだった。空はもう真っ暗だ。

「あんまり、抱えこんでんなよ」

ポン、と。ノガミくんの手が私の頭を優しくなでた。音を立てたのは、私の心臓。

「足、痛かったろ。ごめんな」

真っ暗闇《やみ》のなか、街灯と星が光っている。でもなぜだか、隣にいるノガミくんはもっともっと輝いて見えた。

「それから、周りの奴らが言うことなんて気にすんなよ。誰がどうこう言おうと、俺がミウのそばにいることはおかしなことじゃないだろ」

どうしてだろう。街灯に照らされて、ふたつ影ができる。影と影の間には数センチの距離があるけれど、ノガミくんの言葉はなぜだかすんなりと私の中に染みこんでゆく。

それから、フードコートで私が言った言葉は、ノガミくんにはちゃんと聞こえていたみたいだ。

「あの時は、ごめんね……」

「いや、本当はあの時ちょっとうれしかった。ミウが気にしてくれたことが」

ノガミくんが立ち止まる。ショッピングモールから駅まで七分。でもたぶん、どちらがなにを言うでもなく、私たちはゆっくり歩いていたと思う。

「ミウにもっと、近づきたい」

立ち止まったノガミくんは私の後ろにいて、振り返った瞬間言われた言葉に私は固まって。いくつもの色を身にまとったノガミくんは、こんな夜の暗闇の中でさえ光って見えるんだね。

「ノガミ、くん……」

「だから、さ」

ノガミくんの視線は私をまっすぐとらえていた。離すことなんてできるわけない。

きっとノガミくんには、もうバレているんだ。

それが詳《くわ》しいことじゃなくても。

ノガミくんを、ノガミくんの色を、うらやましいと思う私のことを。もう、描けない私のことを。きっとノガミくんはもう、気づいている。だって全部、ノガミくんにはバレバレなんだもん。

「ミウが抱えてるもの、俺に吐き出してよ。全部受け止める。ミウのその、心の中にあるもの、全部」

いつもより弱々しく、でも力のこもった声だった。

なんだか今日は、おかしな日だ。ノガミくんの隣にいることが不思議で、奇跡みたいなことだと思ったり。堂々と隣にいれないことが悔しく思ったり。似ているようで、彼と私は全然違うって、思ったり。

でも今、こんなにも。

こんなにも、目の前にいるきみのことが——いとおしいと思ってしまった。

胸が熱い。こみ上げるものをすべて吐き出したら、きっとそれは涙《なみだ》とともに流れてしまう気がして。

ノガミくんのまなざしに、私は答えることができるのかな。

全部受け止める、なんて、そんなの無理だよ。きみは、やっぱり私とは正反対にまっすぐだから。

「……全部受け止める、なんて。ノガミくんったら男前だなあ。でも、そんなの私、望んでやしないよ」

あ、今。きっときみを傷つけた。ノガミくんの瞳が揺れている。私のせいだね。ごめんね。ごめんね。……ごめんね。

「……帰ろう、ノガミくん」

ノガミくんはそれ以上なにも言わなかった。

ゆっくりと歩きだす。いつの間にか隣を歩いていたけれど、会話はない。

星たちだけが、私たちを見ている。

七分しかかからないこの道を、立ち止まっていた時間があるとはいえ十五分もかかって歩いた私たち。

私は馬鹿だなあ。こんなに熱くて苦しい気持ちを、もうとっくに気づいているのに、それを肯定《こうてい》なんてしたらダメだと思うんだ。

改札を通って、ホームへ入る。風は冷たくて、カーディガンを指先まで伸ばした。電車がくるのをふたりで待つ。会話はまだない。でも、この沈黙が重くない。

「……ねえノガミくん」

「……なんだよ」

返答はこないと思っていたのに、案外すんなり返ってきた。別になにかを言いたかったわけじゃないけれど、どうしてかな。どうしてこんなにも、きみに伝えたいと思ってしまうんだろう。

「たくさんの色が集まって、集まって、……そしたら、どうなると思う？」

「……たくさんの色を混ぜたら黒になるんだろ。美術で習ったよ」

「そうだね、黒になるってよく言われてる。でもね、本当は黒にはならないんだ」

ノガミくんは、なに言ってるんだ？とでも言うような顔をしている。それもそうだ。突然こんな話、意味がわからないに決まっている。

「混ざってできた色は、黒じゃないの。黒色は、ほかの色では決してつくれないんだよ。私は、たくさんの色を重ねて、重ねて、その時その場所でしかできない色をつくるのが好きだったんだ」

　だから、知っている。いろんな色を混ぜても本物の黒ができないことも。混ぜ合わせてできた色は、その時その瞬間しかつくり出せないことも。

　でもね、だから私は、原色が好きなんだ。混ざると、いろんなものを生み出してくれるから。なんだかそれは、きみにとてもよく似ている。混ぜても混ぜても、絶対に黒にはならなくて、その時その瞬間しか、感じることのできないもの。

　だからきっと、消えてしまうのが怖いのかもしれないね。あの時みたいに。

「……私、ノガミくんと出会えてよかった」

「……なに言ってんだよ」

「ねえ、ノガミくん。……いつか、聞いてくれる？」

　後半の言葉は、電車がきた音でかき消されてしまった。目の前にゆっくりと、電車が止まる。ノガミくんに聞こえていないことに、ちょっとだけホッとした。言ったのは自分の意志のはずなのに。

　タイミングよくきた電車は、色の神様からの使いかな。『そんなの私、望んでやいないよ』なんて一度突き放しておいて、今さらこんなことを言うのもおかしな話だし。

　そうだ、私ちょっと、どうかしている。こんな、色の、絵の話なんて、あの時からいっさい人にしていなかったのに。

プシューっと電車の扉が開く。乗りこもうとして、ふたり同時に足が動く。そしてその瞬間、真横から、きみの声が私を覆った。

「待つよ。ミウが話すまで。その、〝いつか〟まで。俺はミウを、待ってるよ」

乗りこんだと同時に扉が閉まる。電車が動きだすまで、固まっていた私たち。

私がノガミくんを見たのと同時に――ノガミくんが、私を見た。

がたんごとん、瞳が揺れているのは電車のせいかな。それとも、もうすぐそこまで出かかった涙のせいかな。

「――うん、待ってて」

電車が揺れる。私たちの思いも、気持ちも、瞳も。それはきっと、きみも同じだね。

『待ってるよ』って言ったノガミくんの言葉が、頭の中にじんわりと広がっていく。

あの、甘いココアみたいに。

私、前を向きたい。待ってくれるきみのために、もっと、もっと、強くなりたい。

『好きなものに正直でありたい』と言っていたきみのように、生きてみたい。

あの日のこと、あの時のこと、あの人のこと。忘れることなんてできないから、せめて、それに向き合えるように。

――ノガミくん。

私の色を取り戻してくれる人がいるとしたら、きっとそれはきみだよ。私、もっと強くなれるかな。
もっと、もっと、もっと。
きみに近づきたいから、私はちゃんと向き合おうと思うよ。

何度もその手に触れたいと思った
5.
落っこちて、すくい上げて

「……こんにちは」

美術室の扉がそろりと開いたのは、放課後の部活中、いつものように三人で雑談を交わしていた時だった。

「おーっ、やっと来たか！」

俺はにこやかに立ち上がる。

カナは予想どおり興味なさそうにその光景を見ていて、ミウはこれまた予想どおりなにを言っていいのかわからずあたふたとしている。顔はすごくうれしそうだけど。

今日は、初めて写真部の奴らと俺らが集まって文化祭の打ち合わせをすることになっていた。もちろん呼び出したのは俺だ。

「……美術選択してなかったから美術室って初めて来た」

「俺も最初は場所さえ知らなかったっつーの」

美術室が興味深いのか、俺の友達であり写真部部長の宮瀬《みやせ》が頭をぐるりと回している。

「ところでお前、ほかの部員は？」

「ああ、めんどくさいから置いてきた」

「お前なあ……」

グダグダと宮瀬と話をしていると、カナからうっとうしそうな声がかかったのでそこで中断する。しょうがないので、俺は宮瀬をふたりの目の前まで連れていった。

「俺が紹介するわ。こいつは宮瀬星夜《せいや》。俺と同じクラスの秀才《しゅうさい》くんな。幽霊《ゆうれい》部員ばっかの写真部の部長もやってる。まあ、頼《たよ》りになる奴だから仲よくしてやって」

意外にも真面目に紹介してやると、宮瀬は軽く頭を下げた。こいつは、口数が少なくて落ちついた奴だけれど、しゃべると知識が豊富でおもしろい。いろんなネタがぽんぽん湧いてきて話が盛りあがるんだ。

ミウとカナは宮瀬に向かって手を差し出した。

「ふーん、ノガミとは正反対の好青年って感じね。好感持てる。よろしくね」

「た、たしかにノガミくんとは正反対……。よろしくね、宮瀬くん！」

正反対ってどういう意味だっつの。

宮瀬はふたりに向かって、もう一度軽く頭を下げた。いや、宮瀬、そこはふたりの手を握るところだからな。ふたりとも出した手を引っこめて笑っている。そう、宮瀬ってこんな奴だ。ちょっと変わってる。

そのあと、いつもの場所に宮瀬を加えて座った俺らは、文化祭について色々と話し合いをした。まあ宮瀬はほとんど聞いているだけだったけれど。

「じゃあ、とりあえず〝かわいい〟のゾーンは写真部の女の子に任せていいかな？」

「うん、あの人そういうの得意そうだし」

ミウの問いかけにキッパリと答える宮瀬。

四つのテーマに分けたのはいいものの、俺ら美術部員は三人しかいないので、ひとつのテーマである〝かわいい〟を、写真部唯一《ゆいいつ》の女子に任せることにしたのだ。

「じゃ、俺らはこの割りあてでいいか？」

ミウとカナがこくりとうなずく。

四つのテーマのうち、〝風船〟をカナ。〝夢〟をミウ。〝かわいい〟を写真部の女子。そして、〝世界〟を俺、というふうに、それぞれ担当者を振り分けた。

宮瀬いわく、写真部にちゃんと所属しているのは宮瀬を入れてたったの四人だけらしいので、その女の子以外のあとの三人には好きなテーマのところを手伝ってもらうことにした。

「どんな空間にするか早く考えなくちゃ。あと一週間ちょっとしかないんだもんね」

「私は風船を膨らませるだけだから楽」

「おいカナ……お前、だから真っ先に風船のテーマ選んだのかよ」

「当たり前でしょ」

「カナせこい！」

俺らの会話を聞いてか、宮瀬が隣でクスリと笑った。宮瀬が笑うなんてめずらしい。

三人で奴を見た。

「あ、笑ってごめん。仲いいんだね」

その言葉に、三人とも笑ってしまった。仲いいんだねって。周りにはそう見えるのかと思って、ちょっとうれしく感じる。めったに笑わない宮瀬が笑うなんてめずらしいことをしたのは、やっぱりこのふたりのおかげなんだろう。だって俺も、ここにきて笑うことが増えたから。

「とりあえず、宮瀬くん。明日から写真部にもたくさん働いてもらうからよろしくね」

「了解」

「じゃあ、私帰るから」

カナがいつものように荷物を持って立ち上がる。すると、あわててミウも立ち上がった。

「わ、私も帰る」

「は？」

思わず口にしてしまった言葉にしまった、と思う。いや、でも。ミウは俺の言葉を無視して、カナのあとを追って美術室を出ていった。俺が止める暇もなく。

――ミウと買い出しに行った日。

俺は少し。いや、俺にとったらだいぶ、ミウに近づけたと思った。あの時、『いつか聞いてくれる?』と言ったミウの声は、震えていた。

目が合った瞬間のミウの瞳に、俺の姿がしっかりと映っていたのを見た時、胸が苦しくなってどうしようもなくて。瞳が揺れたのは、電車のせいか、こみ上げるもののせいかわからないけど、ミウもそれは同じだった。

あの時たしかに、近づけたと思ったんだ。手を伸ばしても近づけなかったきみに、やっと触れたと思った。やっと、指先が少しだけ、触れたと。だけど。

ミウはたぶん俺を避けている。

買い出しに行ったのが四日前。休み明けの月曜、昨日のミウは一回も俺と目を合わせることはなくて、今日みたいにカナと一緒に早い時間に帰っていった。きっと、俺とふたりになりたくないからだ。

カナや宮瀬を交えて会話をしているからわかりにくいかもしれないけれど、ミウは意図的に俺を避けている。気が、する。

「……わっかんね……」

ミウが抱えてるものを、俺に吐き出してほしい、なんて大口をたたいておいて、俺はミウに避けられることでさえこんなに怖いと思っている。

情けねえな、本当。

帰っていったミウの背中が頭の中で何度も再生されている。小さくて、今にもかき消されてしまいそうなあの背中を。

……そんなに俺がいやか？

あの時、近づけたと思ったのは、俺の自惚《うぬぼ》れだったのかもしれない。

「……あのショートカットの人、美人だね」

宮瀬がめずらしく自分から口を開いたので、ビクリと反応してしまった。というか、宮瀬がいたことを完全に忘れていた。

「あー、カナな。あいつ、見た目だけはいいよな」

「もうひとりは、なんかふわふわしてるね」

そのとおり、と言うと、また宮瀬が笑う。こいつこんなにしゃべる奴だっけ？　いつも無口で眠そうにしてるっていうのに。

ふわふわしてるっていうのは、俺もミウに出会った時感じていたことだ。いや、今も実際そう思っているけど。地に足の着いていない感じ。あの独特の空気は、いったいどうやってつくり出しているのだろうか。

「……あの人、どっかで……」

宮瀬がなにかをポツリとつぶやいたけど、ちゃんと聞こえなかった俺は宮瀬に聞き返す。

「は？　なに？」

「……あの人、どこかで見たことある」

「あの人って……ミウのこと？」

「うん、そう……」

どっかで見たことある、って。そりゃ同じ学校なんだから、すれ違ったことくらいあるだろ。俺がそう言うと、宮瀬は眉間にしわを寄せた。

「いや、そういうことじゃなくて……」

うーん、と考えはじめる宮瀬。どういうことだっつの。

返答を待つ俺は、隣に座った宮瀬をまじまじと見る。

俺とは正反対の真っ黒い髪。長い前髪と物静かな性格のせいで案外気づかれていないけれど、宮瀬はなかなか端正《たんせい》な顔立ちをしている。色白で、切れ長の目は気だるさが漂《ただよ》う。なんていうか宮瀬って、よくわかんない奴なんだよな。物静かなくせに、突然しゃべりだすし。さっきふたりが手を差し出したのに無視して頭を下げるし。空気読めないし。でも話してるとなんだか楽で、知識が豊富でおもしろい。

俺は、こんな外見をしているぶんほかの人よりも他人に取り入るのがうまいと思う。だからこそ、こんな宮瀬でもすぐに友達になれたんだけどさ。宮瀬のことをよくわかんない奴はたくさんいると思う。

「……ノヤマ、ミウ、って……。どこで聞いたんだろう……」

同じ学校なんだからどっかで聞いたんだろ、なんて軽く考えてそれ以上追求しなかった。宮瀬もはっきりと思い出せずにそのままで。結局答えは出ずに、俺たちはふたりで美術室をあとにした。

宮瀬には悪いけれど、帰り道にミウがいることに慣れすぎていて、昨日も今日も俺は違和感《いわ》しか感じていない。いや、違和感というかこれは。

なんだか少し寂しい、とか。なにを思ってんだよ、俺。

＊　＊　＊

次の日から、美術部と写真部合同の文化祭準備が始まった。私たちの高校は、文化祭の二週間前からが準備期間となっていて、授業の時間が五分ずつ短くなっているんだ。そのおかげで部活動時間は長くなるんだけれど、間に合うかどうかは正直微妙《びみょう》だ。準備も計画もとにかくギリギリな私たちだけど——なんだかんだやる気に満ちているノガミくんがほとんどのことを率先して考えてくれて、今はなんとかうまく回っている。

「このでっかいリボン、こっちとこっちならどっちにつけたほうがいいと思います?」

「やっぱりですか? 気が合いますね、ミウ先輩《せんぱい》」

私の返答に満面の笑みを浮かべたのは、写真部唯一の女の子で、私たちが〝かわいい〟のテーマを任せた、川嶋愛子《かわしまあいこ》ちゃんだ。私たちのひとつ下の一年生。そんなアイコちゃんは、黒髪ぱっつんのストレートロングで、とにかくお人形さんみたいにかわいい顔立ちをしている。常にカメラを首からぶら下げているところがこれまた個性的で、ピンクが大好きな、今回の企画《きかく》に持ってこいの人材だった。

「おーい、宮瀬センパイ。これぜーんぶ真っピンクにして」

「はあ、人使い荒《あら》い……」

アイコちゃんのそのかわいい見た目とは裏腹に、先輩である宮瀬くんをこき使ってるところもなんだか微笑ましい。

アイコちゃんは、空間づくりの話をした時ふたつ返事でオーケーをしてくれた。かわいいもの作るの、大好きなんです、って笑顔で言っていたから、本当にこういうことが大好きなんだと思う。

一方、カナのほうを見ると……。

予想どおり、椅子に座って優雅《ゆうが》にカフェラテを飲む姿が目に入る。もう、カナったら……。ほとんどの仕事を、写真部残りのふたりであるヤマくんとタロくんに任せっきりだ。


「カナさん、ここここんな感じでいいっすか⁉」

「あーうん、いい感じね」

「カナさんに褒めてもらえた……！」

ヤマくんとタロくん、一年生のふたりの見た目は弱そうな野球部。坊主頭《ぼうず》がよく似合っていて、背の低いヤマくんと、メガネのタロくん。ふたりは初対面の時からカナに惚れてしまったらしく、ずっとカナにつきっきりだ。カナってばそれをいいことに、ふたりに全部任せてるんだから……。

ヤマくんとタロくんは、見た目が体育会系なだけあって、仕事をするのがとっても早い。風船を膨らませるペースはものすごいし、空間の壁となるダンボールを積み上げる作業もお手のもの。これならきっと、風船ゾーンはすぐに完成しちゃうだろう。

ノガミくんはノガミくんで、最初にダンボールを組み立ててしまって、その中でなにかゴソゴソやっている。

前に、宮瀬くんが黙ってその中に入っていったらノガミくんがひどく不機嫌になった、という事件があったから、あのゾーンには誰も立ち入らないっていうのが暗黙《あんもく》の了解になっている。私も、ノガミくんとは最近全然口をきいていないから、なにを作っているのかまったく知らない。

あの買い出しの日から。なんだか恥ずかしくてノガミくんを避けてしまったら、それからずっと会わせる顔がなくてそのままだ。

人間って不思議なもので、日がたてばたつほど、気まずくなってきて逃げてしまう。あの日のノガミくんの言葉や瞳を、私は一度だって忘れたことがない。いつか聞いてくれると言ったノガミくんに、私はちゃんと向き合わなきゃいけないのに。

文化祭準備のせいで、最近はふたりきりになることもないし、帰りも宮瀬くんやアイコちゃんがいるから、ふたりで話す機会は少しもない。

ただ、普通の会話がしたいのに。ノガミくんと、いつもみたいに笑い合えたら、それだけでいいのにな。こんなギクシャクした雰囲気をつくってしまったのは自分なんだから、本当に私って馬鹿だ。

「で、ミウは進んでる？」

優雅にカフェラテを手にしているカナがそう問いかけてきた。私はふるふると首を振って、カナの目の前の椅子に座る。

「ぜーんぜん……。とりあえず、ダンボールで壁を作るところから始めなきゃなあ」

「それなら、こいつらにやらせればいいんじゃない」

カナがチラリと、ヤマくんとタロくんに目線を向ける。そしたらふたりは、当たり前ですよ！　やらせてください！　なんて大きな声で言って、私のゾーンの壁を作りはじめた。

「もう！　カナったら！」

「使えるものは使えばいいのよ。それに」

カナは言葉を止めて、私を見た。ああ、このカナの目は、なにかを悟《さと》っている時の目だ。

「……大丈夫なの？　空間づくり、なんて」

それは、つまり。

空間づくりは、必然的に色を塗《ぬ》ったり、いろんなものを作ったりしなくちゃならなくて。絵を描かない私に対しての、カナの心配と不安だったんだろう。カナはめんどうなことはしない主義だけれど、私のことをいつもこうやって真剣に見つめてくれている。

私はカナに応えるように、真剣にカナの目を見た。大きなカナの黒目に、私の姿が映っている。

「……大丈夫だよ。絵を描くわけじゃないし、それに」

それに。私は向き合おうって思ったんだ。あの時、ノガミくんに向かって、『待ってて』と言った時。

もっともっと強くなろうって。前を向こう、って。ノガミくんが、私をそうさせてくれたんだ。

「……今が、前を向く時なんじゃないかなって、そう思うんだ」

そう言って、まっすぐ見つめた私のことを、カナは泣きそうな顔で笑った。そんな顔もきれいなんだから、美人はずるいなあ。カナの優しさが、今の私にはじんじんと響いているよ。

「……でも、テーマが……。夢、って、なにを作ればいいんだろう……」

私がそうボソリとつぶやいた時、さっきまでアイコちゃんと言いあいをしていた宮瀬くんが、思い立ったように「あ」と声をもらした。それは思いの外大きな声で、私とカナ、それからヤマくんとタロくんも、宮瀬くんのほうを反射的に見つめる。

「……思い出した。ノヤマ、ミウ。どっかで名前、聞いたことあるって思ってたんだ。一年前、高校美術の絵画コンクール部門で、入選、してたよね？」

その瞬間、体から血の気が引いていくのがわかった。『一年前』。『高校美術の絵画コンクール』。そんな言葉たちに、どくどくと心臓がいやな音を立てる。いつ湧いたのかわからないほどの汗が、私の額を濡《ぬ》らして。

「絵とか好きだから、よく見にいくんだけど、うちの高校の人の作品があったのを思い出したよ。たしか、全校集会でも表彰されたよね？　どこかで見たことあるって思ってたけど、たぶんその時に見た気がする」

宮瀬くんに、悪気がないのはわかっていた。……いや、むしろ。〝あの事実〟がなければ、私は素直に宮瀬くんの言葉に笑顔をつくったに違いない。……でも。

カナが、ミウ、と私を呼んだのがわかった。頭ではわかっているんだ。ありがとう、って微笑んで、この会話を終わらせてしまえばいい。でも体は、言葉は、思ったとおりにはいかなかった。あふれる汗と、動かない自分の体。宮瀬くんは、私の返事を待たずに、またしゃべりはじめた。

「僕《ぼく》は例年なら大賞でもおかしくないって思ったよ。でも、去年は運が悪かったよね」

やめて。それ以上もう、言わないで。

涙か、汗か、もうごちゃごちゃでよくわからない。あの日、あの場所、あの時。選ばれた作品が並んだあの場所へ行った時の記憶が、一瞬にして私の脳内を駆けめぐる。忘れたくても忘れることのできない、心の一番奥にしまった記憶。

「だって、あの大賞の絵、本当にすごかったから。最初見た時は、言葉が出なかったな。たしか大賞を取った人もこの学校の人だったよね？　名前はたしか浅井《あさい》って言ったような……。今年のコンクールもうすぐだけど、ノヤマさんは今年も絵、出したの？」

「宮瀬くん！」

宮瀬くんの言葉にかぶせるように叫《さけ》んだのはカナだった。

アイコちゃんも、ヤマくんとタロくんも、……ノガミくんも。きっと、なにが起きたのかわからないだろうな。ああ、迷惑、かけてしまうな。

〝浅井〟

宮瀬くんが言った、久しぶりに聞いたその名前に、目眩《めまい》がする。

なにが、前を向こう、だ。

一瞬で引き戻されて、一瞬で、私は落っこちてしまうじゃないか。もうきっと、私が前を向ける日なんて、一生こないんだ。一生、この感覚にさいなまれていくんだ。

——私は、美術室を飛び出した。

＊＊＊

「ミウ！」

駆けていくミウの背中に向かって、見たことのない顔をしたカナが叫んだ。ミウの背中が止まることはなく、俺たちはただその背中を見つめることしかできなかった。

写真部の四人は、わけもわからないといった様子でただ立ち尽くしている。さすがの宮瀬も、まずいことをしたと気づいたのだろう。カナに向かって申し訳なさそうに口を開いた。

「触れたらいけないことだった、かな……」

宮瀬が話しだした時、俺は自分のスペース内にいて、周りの状況がわからなかった。けれど、宮瀬の話し声はしっかりと聞こえていて。もしあの話が、ミウとカナがずっと隠していることと直結しているのだとしたら——。そう思ってダンボールの壁から外に出た時には、もう遅かった。

ミウはすでに駆けだしたあとで。

俺はそんなミウを追いかけることも、名前を呼ぶことも、ましてやミウを救ってやることとなんてできなかった。

「いいの、取り乱してごめん……。宮瀬くんは、なにも悪くないわ」

右手で額を押さえたカナは、フラフラと椅子に座りこんだ。「でも、もうその話は、ミウの前ではしないで」とつけ加えて。

「……ノガミ」

カナはうつむいたままで。立ち尽くすことしかできない俺は、なんて無力なんだろうと思った。

「カナ……俺」

ミウの背中が怖かった。俺に吐き出してほしいなんて言っておいて、俺はとても弱いよな。震える彼女の背中を、彼女が抱えたものを、こんなに近くにいるカナでさえ、救ってやることができていないのに。

なにも知らない俺が。

なにもできない俺が。

ミウを追っていっていいのか、わからなかった。自分の手が震えるのを感じて、なんて情けないのだろうと思う。全校集会で見たと宮瀬は言っていたけれど、俺はいつものサボり癖で出席していなかったんだろう。なにも知らなかった。

「ノガミ、お願い、ミウ今すごく困惑してると思う。誰かがそばにいてあげなきゃ、あの子今にも崩れちゃう」

その言葉を聞いてもなお動けない俺に、もう一度カナが言う。ミウを、救ってやって、と。そしてカナは、ミウが抱えたもののほんの少しを、吐きすてた。

一歩前へ踏み出した足は、もう止めることができなかった。カナの言葉が、俺を動かした。

ああ、本当に俺って馬鹿だ。

一歩進んでしまえば、もうあとのことなんてなにも考えられないくらい、ミウのことでいっぱいなのに。なにをためらう必要があったのだろう。

派手に机にぶつかって、音を立ててそれが倒れたのも気にせずに、俺は走った。

ミウ。ミウ。——ミウ。

それはノガミくんの個性だ、と。俺の派手さが好きだと、すごいと言ってくれたあの時から、きっともうすでにきみに惹かれていたんだろう。馬鹿にされたり、下手に合わせてこられたり、軽く好きと言われたり、俺のこの派手な外見に対する反応は人それぞれだったけれど。

ミウだけが、まっすぐに目を輝かせて真剣に俺のことを見てくれた。

ミウの『素敵だ』という言葉だけは、俺の中にずっしりととどまり、じわじわと、奥深くまで染みこんでいったんだ。俺が大好きな、あの色たちのように。

俺は昔からめんどくさいことも、人に深入りすることも嫌いだった。だから、いつも適当な笑顔を浮かべて、人間関係を適当に転がして。友達は多いほうだと思うけれど、広く浅くっていうのがほとんどだった。

『笑うことが多くなったな』というタケちゃんの言葉は、本当にそのとおりなんだ。ミウやカナといると、自然に笑顔が浮かんでくる。信頼したいと、そこに行きたいと、そう思える場所ができた。どうしてあんなにも美術部という場所が居心地がいいのか自分でもわからなかったけれど、それはこんな俺のことを認めてくれるミウという存在がいたからなんだって、今ならわかる。心を奪われたんだよ。

そして俺は、ミウのあの絵に、心を奪われたんだよなあ、ミウ。俺を変えてくれたのはミウだよ。こんなに人に深入りするのも、こんなに人をいとおしいと思うことも、全部初めてで、全部きみが教えてくれた。

カナが言ったように、ミウを救うことなんて俺にはできないかもしれない。こんな俺が、ミウの抱えたものに触れることなんてできないかもしれない。

だけど。

誰よりもミウのことを思っていて、誰よりもきみのことを救いたいと思ってる奴がここにいる。それを、きみには知っていてほしいんだ。

「ミウ！」

フラフラと歩いているミウの姿が目に入った。俺が叫んでも振り向かず、ただ歩いているだけのミウに、俺はすぐに追いついた。

ミウの腕を強くつかんだ。抵抗《ていこう》もされなければ、声も発しない。背中を向けたミウの表情はわからなくて。冷たい廊下の空気がなにかをこわしてしまいそうで、俺はミウの手をつかんだまま、すぐ横にあった教室へと連れていく。

「ノガミ、くん」

やっとそこで、ミウが口を開いた。俺がミウのほうを振り返る前だったせいで、ミウの顔は見えなくて。でも、声が震えている。俺は振り返る代わりに、ぎゅっとミウの手を強く握りしめる。

「……ごめんね、私……。取り乱して。なんでもないの。本当に、なんでも……」

ミウの強がりだって、痛いほどにわかる。なんでもないわけがないんだ。こんなに小さなミウが、痛いほどに強がっているのが俺にはわかる。きっと泣くのをこらえているんだろう。それ以上の、大きななにかを抱えていることも。

俺が美術室を出ていく前に、カナが吐きすてた言葉が、頭をよぎった。

『あの大賞の絵は、ミウが描いたの。あの絵は、本当は、ミウのものなの……っ』

ああ、きっと。一年前からミウが抱えていたものは、俺の想像なんかよりはるかにつらいものだったに違いない。なにが起きて、どうしてそうなったのか、そんなことまではまだわからないけれど。

「なんでもないわけないだろっ……！」

俺が振り向いた瞬間、ミウの頬に涙が伝った。初めて俺の前で、ミウが涙を流した瞬間。もうこの感情を、抑えることなんてできなかった。

ああ、追いかけてきてよかった。きみを、ひとりにさせなくてよかった。

俺は、そのまま強く。——ミウを、抱きしめた。

胸の奥でひしひしと、ミウに対する思いが鳴っている。小さなミウの、弱くもろい泣き声が、俺の腕の中で響いていた。

＊　＊　＊

ずるり、と。のぼろうとしていたはしごから足をすべらせて、私はそのままずぶりと水の中へ身を投げた。そこは、真っ黒にも見える重々しい青色の沼だ。沈《しず》んでいかないようにと手を伸ばすけれど、触れられるのは空気のような水のかたまりだけ。それさえもつかもうとするとするりと私の手を抜けていってしまう。

私とは正反対に浮かんでいく水の泡《あわ》をひたすらに見つめながら、私はゆっくりと沈《しず》んでゆく。体が、心が、感情が、全部そのまま、沈んでゆく。

あの時のことを思い返すといつも、そんな感覚にとらわれる。

深い深い水の中へ、たったひとりで沈んでいく。浮かんでいく泡を見ながら、下へ下へと、沈んでいく私。

そこに手を伸ばしてくれる人たちの手を、私は幾度となく見ないフリをしてきた。

だって沈んでいくのは、私の運命だ。私が自分で、この道を選んだのだ。

——ああ、それなのに。

「ミウ、……ミウ」

手を伸ばしたその先に、きみの声が聞こえる。薄《う》っすらと開いた目線の先の水面に、黒い影ができる。それはだんだんとはっきり姿を現して。

「……ミウ」

何度も、名前を呼んでいた。私を抱きしめている間。——ノガミくんは、何度も、私の名前を呼んでくれた。まるで、この世界に私を連れもどすように。強く、痛いほどに抱きしめられたノガミくんの手は、私より震えていた。

——私は、きみの手を取った。

ずぶりずぶりと沈んだ私を、どん底まで落っこちた私を、拾いあげてくれたのはまぎれもなく、ノガミくん、きみだよ。

ああ、涙が止まらないのは、きみが私のことを、すくい上げてくれたからなんだよ。

「……ノガミくん」

ぎゅっと、ノガミくんの背中に手を回した。私をすくい上げてくれた、きみの背中に。

「……聞いて、くれる？　いつかじゃなくて、今」

手を伸ばした先にきみがいた。きみは何度も私の名前を呼びながら、その手をつかんでくれたね。私を、すくい上げてくれたね。

「いっそのこときみごと消してしまいたい」
6.
きみが抱えていたもの

『ハヅキ先輩っ――』

元気よく名前を呼んで近寄ると、彼はいつものように優しい笑顔を私に向けた。

『ミウか。今日は早いんだね』

――浅井葉月《はづき》先輩。

先輩は私に笑顔を向けたあと、美術室の窓際に設置された白いキャンバスへと体を向けた。またなにか新しいものを描こうとしているみたいだ。

私は、そんな先輩の後ろ姿を見つめる。

細身で長身の先輩は、まるで先輩自身が絵を描く筆のような人だった。白いカッターシャツがとてもよく似合って、ふわふわとした色素の薄い癖っ毛はいつも長い。繊細な白い肌は、先輩がいかにいつも室内で絵ばかり描いているのかを表しているみたいだった。でも、そんな先輩の、色素の薄いふわふわとした長い前髪からのぞく、優しい目が好きだった。

絵にしか興味を示さない先輩が、たまに私のほうを向いてくれることがたまらなくうれしかった。目と目が合うだけで胸が高鳴るような、手が触れただけで全身が熱を帯びてしまうような、そんな憧れの存在。

私と先輩が出会ったのは、ここ美術室。私がこの学校に入学してすぐに、美術部へ入るためここへやって来た。そしてそこで、真っ白なキャンバスにちょうど色をつけたぶん、私が先輩に惹かれたのは必然だったのかもしれない。

初めて先輩の絵を見た時。

ああ、芸術ってこういうことか、と。なにかがストンと、私の中で腑《ふ》に落ちた。

その時は、美術部にもまだ部員が数人いた。一年生は、私とカナだけだったけれど。

初めてカナと会った時、カナは「勉強しなきゃならないから、楽そうな部活を選んだ」と言っていた。美人なのにキッパリものを言う子だなあと思ったけれど、この子とは仲よくなれそうだ、とも思った。

二年生の先輩が三人。ハヅキ先輩を含《ふく》めた三年生が、ふたり。顧問は変わらずタケちゃんで、私とカナはとてもかわいがってもらっていた。

私は中学の時も美術部に所属していたけれど、真面目な部活動ではなかったから、真剣に絵を描いたことがあったわけじゃない。

もともと、絵を描くことが好きだった。私は昔から、自分の感情を表に出すことが得意じゃなくて。でも、絵を描いている時だけは、素直に自分の感情を一枚の紙の上に描くことができたんだ。

そうえば、その話を先輩にした時、先輩はハハハッて、いつもよりおもしろそうに笑っていたな。『そりゃあ、絵ってそういうものだからね』って、そんなことを言って。言葉に出せない自分の感情を絵にこめるというのは、先輩も同じだったみたいだ。

抽象画を描くようになったのは、完全にハヅキ先輩の影響だった。入部して一ヶ月くらいは、水彩画《すいさいが》とか鉛筆《えんぴつ》デッサンとか色々試していたけれど。

いつも窓際でキャンバスに向かっている先輩の後ろ姿を見るのが、毎日の日課だった。毎日、先輩の後ろ姿を見ていて。胸の奥で高鳴っているこの思いを、絵にしたらどうなるんだろう——。初めは、そんな単純な考えだった。

私は思い立ったその日に、初めて先輩と同じような抽象画を描いた。わけもわからずただただ色を重ねて、先輩への思いを筆にのせただけだったのに、その絵を描きあげた時、なんとも言えない達成感と快感が自分を覆ったのを覚えている。

たしかあの絵は、暖色をベースにとにかく思いのままに描いたんだったな。今見ると本当に恥ずかしいほど未熟なものだけれど、私が絵を描くようになったきっかけはたしかにあの絵だった。

それを見た先輩たちやタケちゃんは、大げさなほど私を褒めてくれた。ハヅキ先輩はその時初めて私のほうをちゃんと見て、『いい絵だ』って言ってくれたんだ。

その日から、私はハヅキ先輩に絵を教えてもらえるようになった。ハヅキ先輩は私の絵に興味を持ってくれたのかわからないけれど、今までキャンバスに向かっていた時間をほんの少しだけ、私に割《さ》いてくれるようになったんだ。

『ミウはのみこみが本当に早いね。おまけに色彩感覚《しきさい》が人とはちょっと違う』

『ちょっと違う、って。それ褒め言葉ですか？』

先輩の白いシャツが、一段と輝く夏休みのある日。いつの間にか、先輩は私のことをミウ、と呼んでいて、先輩の定位置である窓際のキャンバスの横に、私のそれも置かれるようになっていた。

『ははっ、膨れた顔もかわいいよ』

ハヅキ先輩は、優しく笑って、そんなことを軽々と言ってのけるような人だった。

オレンジと藍色《あい》が混ざったような空を美術室から見上げながら、私たちはたくさん語り合った。

たとえば、先輩は犬が苦手で、猫《ねこ》が大好きだということ。外に出るのも嫌いで、暑い夏は特に天敵だった。先輩の肌がとても白いのは、そのせいもある。

それから、先輩は家のことも話してくれた。お父さんは、有名な画家ということだった。そう聞くと、先輩があんなに素敵な絵を描けることにも納得がいく。でも、先輩は、お父さんの話をするのをとてもいやがっていた。

お父さんは、先輩とは正反対の、具象画を描く人だったみたいだ。それは、私がお父さんの名前をインターネットで検索《けんさく》して知ったことだったんだけれど。

一度、「なんでお父さんと正反対の抽象画を描くようになったんですか」と聞いたことがある。我ながら、デリカシーの欠片《かけら》もない質問だったとは思うけれど。

『反発心だよ。……僕はあの人のようにはなりたくないから』

私の言葉に、先輩は窓の外の空を見つめてつぶやいた。

私たちの関係は、ちょっと不思議なものだった。別に付き合っていたわけじゃない。

私は先輩のことを好きだと口にしたことはなかったし、先輩もそれは同じだった。

でも、たぶん。言わなくても心のどこかでつながっている関係だった。お互いなにも言わなくても、たぶん私たちは、両思いだった。

ただ隣で絵を描いて、お互《たが》いのことを語り合って、笑って、空を見て。

……すごく好きだった。先輩のこと。先輩と過ごす時間のこと。先輩が描く絵のこと。

すごく、好きだった。

『僕は、ミウの絵がとても好きだな』

いつだっただろう。絵画コンクールの締め切り間近、夕日が沈む美術室でのことだったと思う。

もうほかの部員がみんな帰ってふたりきりになった時、突然先輩はそう言った。なにも音が聞こえなくなったみたいに、先輩の声だけが耳に響いて。

『……私も。私も……先輩の絵が、すごく……すごく、好きです』

先輩の、ふわふわした、入部した時より伸びた前髪からのぞかせた、まっすぐな嘘のない瞳。日が落ちて、美術室はとても暗かった。

先輩は私にゆっくりと近づいてきて。私の数歩前で止まると、その手を私の頬へと伸ばした。さっきまでキャンバスに絵の具をのせた指先をすべらせていたからか、先輩の手からは絵の具の匂いが、した。

ほんの数秒間、そのまま私の頬に触れていた先輩の手は、ゆっくりとおろされた。頬に残った先輩の指の感触と絵の具の匂いが、私の鼓動を高鳴らせる。

『……帰ろうか』

先輩の言葉に、私はうなずく。あの時、先輩は少しだけ、泣きそうな顔をしていた。

本当はたぶん私、あの時から気づいていたんだ。先輩の描く絵が、本当に描きたいものとは違うんじゃないかって。

先輩の絵は、すごくきれいだった。芸術ってこういうことかって、教えられる絵だった。だけどきっと、先輩が描きたかったのはそんな絵じゃなかったように思う。だって、先輩が描く抽象画は、いつだってお父さんへの反発心のかたまりだったから。

そんな先輩の横で、私は何枚も、何枚も、色を重ねた。何回描いても、何度色を重ねても、先輩へのこの思いをすべてそこに映しだすのは、無理だった。

だからせめて。

この世界を描きたかった。

カナという親友ができて、優しい美術部の先輩に囲まれて、タケちゃんみたいな生徒思いの先生に出会って。

そして、隣にハヅキ先輩がいる。

そんな、毎日がキラキラ、キラキラ輝いていたあの日々を。あの時見えていた私の世界を、ただ描きたかった。

あの時の私は、ただただひたむきだった。一生懸命《いっしょうけんめい》だった。ハヅキ先輩のことが好きで。絵を描くことが楽しくて。私の思いを形にしてくれる原色たちが、大好きだった。コンクール締め切りのギリギリまで、キャンバスの前で大好きな原色たちを重ねた。

混ぜて、混ぜて、重ねて、重ねて。

そして、混ざり合った色たちがキャンバスの上でひとつになった時。

——それは、私が一番幸福だと感じた瞬間。

自分のキラキラした世界が、まるで切り取られたかのように四角いキャンバスに描かれていた。夢中になりすぎて、自分がこんなにも色を重ねていたことに気づかなかったんだ。

私は絵の具がかわくのも待てず、できあがったその絵を持って、一目散に駆けだした。

　タケちゃんは私の絵を見るなり驚いて、そして何度も私を褒めてくれた。そしてそのまま、コンクールへ送るための応募《おうぼ》用紙を書かせてくれた。

　あの時、自分の絵に夢中になりすぎていて、私は先輩のことを全然気にしていなかったんだ。

　先輩は、私の頬に触れた日から、美術室に来なくなった。コンクール締め切りまで集中したいから家のアトリエで描くと、ハヅキ先輩が言っていたともうひとりの三年の先輩が教えてくれた。

　だから、邪魔《じゃま》しないようにと一週間、私も自分の絵に全神経を集中させた。

　お互い自分の絵に真剣に向き合っていたからこそ、完成した先輩の絵を見ることはなかったし、先輩も私の絵を見ることはなかった。

　そう、あの日まで。


　タケちゃんが大あわてで美術室の扉を開けたのは、肌寒くなったちょうど一年前の今頃だった。

　三年生の先輩はもうすでに引退していたけれど、ハヅキ先輩だけは美大に行くため、部活に残っていて。前よりも来る回数が減っていたし、先輩が絵を完成させるところを見ることもほとんどなかったけれど、私は先輩が美術室に来てくれることだけでもすごくうれしかった。だって、卒業してしまう先輩に、一度でも多く会っておきたかったんだ。

その日も、私は窓際で絵を描いていて。ハヅキ先輩はその横で、私の描く姿を見ていた。

先輩も絵、描かないんですか。そう聞いた時、先輩は笑っていた。ミウを見ていたほうが勉強になるかもしれない、なんて言って。あの時、先輩は本当はなにを思っていたんだろう。

「葉月!」

突然、ひどく乱暴に美術室の扉が開いた。扉が開いた音とタケちゃんの声が重なって、美術室にいた誰もが驚いて振り返った。いったいなにごとだろうかとみんなしてタケちゃんを見ると、タケちゃんはズンズンとハヅキ先輩の目の前まで歩いていって。

そして、先輩の両肩を、ぎゅっとつかんだ。

「とったぞ、大賞。たった今運営から電話があった。やったな……!」

その瞬間、わっと歓声が上がった。私も思わず声が出た。

ハヅキ先輩が、大賞を取った。

タケちゃんはゆらゆらとハヅキ先輩の肩を揺らして、お祝いの言葉を何度も並べて。

その周りに、数少ない部員たちは集まって、先輩を祝福した。私も、心の底からうれしかった。本当に、うれしかった。

ハヅキ先輩は普段感情をはっきりと表に出す人じゃない。どちらかと言えば感情表現がとても下手で、その分自分の思いを絵に託す人だった。

でも、その時は。

今まで見たことのないくらいのハヅキ先輩の笑顔があって。その目は、少しだけ潤《うる》んでいた。

先輩は、最初はお父さんと同じ具象画を描いていたけれど、反発心から抽象画を始めたんだそうだ。それがいつからだったのかは教えてくれなかったけれど、コンクールで大賞を取るのは初めてだって、そう言っていた。

『これで、あいつにも、あいつらの周りにも、もうなにも言わせずに好きなことが描ける』

それは、ハヅキ先輩がその日、帰りに私に言った言葉。あいつっていうのはきっとお父さんのことで、あいつの周りっていうのは、お父さんの周りの美術関係の人たちなんだろうな、と思った。

タケちゃんはその日満足げに何度も先輩のことを褒めて、まるでオマケみたいに私の絵が入賞したことも教えてくれた。

大賞を取ったハヅキ先輩の絵は、どんな絵だろう。きっと、今までで一番いいものが描けたに違いない。私たち美術部はタケちゃんに連れられて、入賞したたくさんの絵が飾られている展示会へと行くことになっていたから、ハヅキ先輩の絵を目の前で見られるのだと、本当にワクワクしていた。

どんな色だろう。先輩が描いたのは、どんな抽象画だろう。

そして、展示会が始まった週の最初の土曜日。十一月中旬、ちょうど文化祭と重なる時期。タケちゃんと部員数人とともに、展示会会場へと足を運んだ。

一番先頭を歩くタケちゃんの横で、心なしか浮きたった顔をしたハヅキ先輩。その後ろを二年生の先輩たちが歩いていて、そのまた後ろに私とカナがいた。

自動ドアが音を立てて開いた瞬間、そこはまるで異次元空間みたいで息をのむ。美術館や展示会って、ちょっとだけ普段の世界と雰囲気が違う。足を踏み入れた瞬間、別世界に迷いこんでしまったような静けさと独特のにおいが私を包む。

小学生から大人の部門まで、たくさんの優秀作品が並んでいて、ひとつひとつじっくり見ていたら日が暮れてしまいそうだった。土曜日ということもあって、中はとても混雑している。

どきどきと高鳴る胸。ハヅキ先輩の大賞。そして、私が描いた〝世界〟の入賞。先輩の大賞に比べたらちっぽけなことかもしれない。けれど、自分の絵が誰かに見られているると思うとぞわぞわと鳥肌が立つ。

「えっと、高校生の部は……」

タケちゃんがパンフレットを見ながらどこかと捜している間に、私たちはそれがどこだかわかってしまった。まっすぐ向かった目の前に、人だかりができていて、そこが大賞が飾られた場所だとすぐにわかったからだ。

どきどき、心臓が爆発《ばくはつ》してしまいそうだ。大賞を取った先輩の絵があそこにある。あんなにたくさんの人から注目されているなんて、やっぱり先輩はすごい。人が多くて、一番高く目立つ場所に展示されているはずの絵が見えないんだから。

私がどきどきと鼓動を鳴らせているのとは裏腹に、誰よりも早く先輩がそこへ駆けていった。そして、それと同時、だったと思う。

先輩が、飾られた自分の大賞の絵へと向かっていくその背中を見た、直後。すぐそばに飾られてあった、入選作品の中にあったひときわ目立つ抽象画が、私の目に飛びこんできた。

それは、決して見間違いなんかじゃない。だってたぶん、私が誰よりも、先輩の絵を見てきて、先輩の絵が大好きだったから。

だから。

そこにあった先輩の絵に、私はすぐに気がついた。そして同時に、さっきとは違う、脈《みゃく》の定まらないような鼓動が全身を駆けめぐった。

みんなが大賞の絵へ駆けていくその後ろで、私はその入選作品の前に立った。息ができなくなるかと思うほど、目の前にある光景に頭がついていかない。思わず、私は絵の下に書かれた作品説明に手を伸ばす。

先輩がどんな絵を出したのか、見たわけじゃない。

でも、私には、この絵が先輩の絵だって、わかる。

でもそこに書かれているのは、先輩の名前じゃなかった。

【〝世界〟――高校一年野山実羽】

――『違う』。

声にならない言葉が、喉もとまで出かかった。どうして。これは、私の絵なんかじゃない。ここに飾られているのは、ハヅキ先輩の作品だ。どこからどう見ても、いつもと同じように芸術性にあふれた、先輩の絵。

なにが起こっているのかわからなくて、私はゆっくりとその絵に背を向けた。いつもなら、大好きで、ずっと見ていたいはずの先輩の絵に。

背を向けたとたん、妙に思考がリアルに回りだす。吐き出した息が、重く静かな空気に溶けていく。

入選作品に並んだ、先輩の絵。そこに書かれた、私の名前。

思いあたる、ことは。

ゆっくりと視線を上げた先に、先輩の背中が見えた。そして、まるで運命みたいに、彼がこちらを振り返った。その瞬間私の目を奪ったのは、振り返った先輩越しに見えた――〝大賞〟に輝いた、私の絵だった。

――どうして。

ハヅキ先輩がこちらを向いたのも気にしないで、私は駆けだす。人だかりができていて、うまく前に進めない。

歩く足が、震えている。

先輩の背後にうっすらと見えた色。

あれは、私が。私が、この世界を描いた色だ。見間違えるはずがない。

何度もつまずきそうになりながら、私は鉛のように重い足を動かす。見たくない。でも見なくちゃいけない。だってたぶん、あの大賞作品のところにある絵は。

人をかき分けて、かき分けて――。

人と人の間から、堂々と大賞、と書かれたプレートの下に、私が何度も色を重ねたあの絵が、見えた。そして同時に、その下に書かれた文字も、はっきりと見えた。

【〝世界〟――高校三年　浅井葉月】

私はそこに、立ち尽くすことしかできなかった。

──私と先輩の絵が、入れ替わっている。

どうして。……どうして。

大賞を取ったのは、ハヅキ先輩。けれど先輩の絵は、入選作品の中に並べられていて。私の、絵は。

先輩の名前で、大賞を取った。

『──いやあ、今回はすごい審査でしたよ』

たくさんの人だかりから、聞こえた。振り返ると、高そうなスーツを着た人たちが数人、私の絵を見上げながら話している。私はそこから、動くことができない。

『今回は良作ばかりでしたからね』

『そうそう、甲乙《こうおつ》つけがたいものばかりで。ああ、でも、この大賞の絵だけは初めから決まっていたようなものですよ』

『この絵には本当に驚かされました』

『本当に。高校生をなめてたらいかんですな。これが届いた時は、みんな息をのみましたから』

『技術的にはまだ未熟な部分が多いけれど、とにかく圧倒される力がありますよ、この作品には』

『そうそう、そしてこれを描いたのが浅井さんの息子だっていうもんだから、みんな驚いたよ。お父さんとはまた別の才能があるものだな』

『浅井さん、息子はもう何年も絵を描いているけどあいつはダメだ、って言っていたのに。やっぱり隠していたんですかね、こんなにいい絵を描くこと。これだけ描けて浅井さんの息子なら、早く美術の道へ進めてやったほうがいいと思いますけどね……』

それは、完全に運営側のミスだった。

たまたま、私とハヅキ先輩の作品名が【世界】で同じだったために、審査中誰も絵が入れ替わっていたことに気がつかなかった。タケちゃんは何度も「あれは間違いだ」と運営側にかけ合ってくれたらしいけれど、もう発表してしまった以上取り消すことはできない、と、そのままだった。

私も、ハヅキ先輩も、なにも言わなかったことが事を大きくしなかったんだろう。

それに、ほとんどの人が、『あの絵を浅井さんの息子が描いたと言うほうが話題性があっていい』というとらえ方だったように思う。

あの時、時が経つのは本当に早かった。目まぐるしく私の世界は一転した。先輩とあの日から顔を合わすことはなくなって、私が描いた絵が、浅井葉月が描いた大賞作品としてちょっとした注目を浴びていた。それはまぎれもなく私の絵なのに、私だけが、すべての蚊帳《かや》の外だった。

実際、完成した私の絵と先輩の絵をコンクールに送る前にその目ではっきりと見たのはタケちゃんくらいだった。私も先輩も、ギリギリまで絵を描いていたから。

タケちゃんは何度も私に謝ったけれど、本当に悪いのは、たぶん私だ。

私が、それが自分の描いた絵だ、って。ひと言でも主張していたら。なにかが違っていたのかもしれない。先輩だって、私に続いて、それは僕の絵じゃない、って言ってくれたかもしれない。

でも。

あの日、大賞だと知らされた時の先輩の顔。感情表現が苦手な先輩が本当にうれしそうに笑って、目を潤ませていた。展示会に着いた時、人が群がる大賞のところへと駆けていった背中。横顔。

こわすことなんて、できないよ。

先輩にとって、賞を取ることが、唯一お父さんに認めてもらえるチャンスだったんでしょう。先輩は、反発心だよ、といつも言っていたけれど、本当はお父さんに認めてもらいたいだけだって、私気づいてたんだよ。

あの日以来顔を合わせることさえしていなかった私と先輩が出会ったのは、それから二週間ほどたった放課後の美術室だった。先に帰った部員たちは、先輩が今日は早めに帰ってほしいと頼んだらしい。これはあとから聞いたことだけれど。

すっかり季節は冬で、指先にあたる冷たい風に自分のあたたかい息を吹《ふ》きかけながら、私は美術室の戸締まりをしていた。

なぜかいつもよりだいぶ早く帰っていく部員たちに、ひとり残された私。それならば私も今日は早く帰ろうと考えたんだ。でも、最後の窓の鍵を締め終わった時、ガラリと美術室の扉が開く音がした。私は後ろを向いていたのになぜか、その扉を開けた人物がわかってしまった。だっていつも、先輩が来るのをこの場所で待っていたから。

『……ミウ』

久しぶりに呼ばれた自分の名前に、熱いものがこみ上げてくる。それがいったいどんな感情なのか、私はたぶん絵を描くことでしか表現できないから、言葉になんてできないけれど。

私がゆっくり振り返った時、先輩はいつものようにふわふわとした長い前髪から、揺るぎないなにかを感じさせる瞳を私に向けていた。

ああ、この目が。先輩のこの目が好きだった。

『……話をしよう』

先輩と目が合っていたのはほんの数秒だった。私の大好きだった先輩の瞳が、私を視界から放したからだ。

先輩は私への視線をそらしたあと、静かにソファへと腰をおろした。先輩がミウも座りなよ、なんて言っていたけれど、私はそこに立っていることが精いっぱいだったし、なによりその場所からは、先輩の顔が見えなくて好都合だったものだから動くことはしなかった。夕日が沈んでいくのが、部屋の色がだんだんと暗くなっていくことで感じられた。重い沈黙を破ったのは、先輩だった。

『僕は、いつも期待されてた』

先輩は、自分の膝に肘をついて、前かがみになって顔を下に向けていた。私は、その言葉に返事をすることができなかった。

『小さい頃から、親父の息子だからって絵を描かされてきた。最初の頃は描けば描くだけ親父も周りも褒めてくれて、それが楽しくってずっと絵を描いてた』

赤とオレンジ、それから藍色と深い緑を混ぜたような。そんな変わった今日の空の色が、先輩の背中の向こうに沈んでいく。

『でも、そんなのはやっぱり最初だけだったんだ。描けば描くほど、周りの期待は膨らんでいった。特にあいつ……僕の父親は、いつも言ってた。お前は俺の息子なんだから、描けて当たり前なんだ。それ以上の力を発揮しなくてどうするんだ、って。僕にとって絵を描くっていうのは、もう義務みたいなものだったんだよ』

先輩の背中は震えていた。私は、ただその背中を見つめることしかできなかった。

『……だからかな。いつも、ミウのことがうらやましかった。本当はずっと、ミウに憧れてたんだ。』

……憧れていた？

先輩が、私に？

そんなこと、あるはずがない。だって先輩は、私たちみんなの憧れなんだよ。みんな、先輩の背中を追ってたんだよ。それなのに、どうして。

『……それなら、私のほうがっ……！』

『ミウも本当は、わかってただろ』

私の声をさえぎった先輩の声は、いつもの先輩からは想像がつかないくらい、冷たかった。

『常に言われてたんだ。父親にも、周りにも。お前の絵は、芸術性があってもそれだけだ、って。だからいつも、僕はその〝なにか〟を探してた。ミウだって、僕の絵を見てなにか感じてたろ。それとも、親父への反発心のかたまりのような絵しか描かない奴だと思ってた？』

『そんなこと……っ』

『いいんだ、もう。僕が探してた〝なにか〟を持ってたのは、ミウだったから』

先輩はそう言って、立ち上がった。そして、固まった私のほうを向く。さっきそらされた視線はまっすぐに私を向いていて、まるですべてが射貫《いぬ》かれてしまいそうなほど鋭い目線だった。

『ミウはいつだって、がむしゃらに、楽しそうに、一生懸命に絵を描いてたね。好きなものにまっすぐ向かっていけるミウがまぶしかった。そして俺はそれが、心の底からうらやましかったんだよ』

声が出なかった。だって私、本当は気づいていたんだ。先輩が、お父さんへの反発心で絵を描いているってこと。

『実はさ、あの日、完成した絵をタケちゃんに持っていった時。ミウの絵を見せてもらったんだ。僕はその時、負けた、ってそう思ったよ。直感だけどね。この子にはきっと、どうやっても勝てないってそう思った』

向けられた視線は突き刺《さ》さるようでとても痛かった。

私が先輩の横で絵を描いていた時の気持ちと、先輩の気持ちでは、こんなにも差があった。先輩が抱えていたものを、理解してるつもりだった。先輩が描く絵を、私はわかっているつもりだった。でも、本当に先輩を傷つけていたのは、もしかしたら私なのかもしれない。

『展示会の日だってそうだ。わかりきっていたことなのに。僕の絵が、きみの絵に、勝てるはずなんてなかったのにね。期待してたぶん、現実に突き落とされた気分だったよ。まさか、入れ替わってるなんて、……思いもしなかったから』

先輩の絵が、親への反発心のかたまりだって、そう思っていたのは事実だ。先輩が描きたいものとは違うんじゃないかって、たしかに私は思ってた。でも、先輩の芸術性を疑う人は誰ひとりとしていない。先輩が、自分の描きたいものを描いたら、私なんて目じゃないことくらい、自分でわかっているはずなのに。

先輩がゆっくりと、私のほうへと歩みよってきた。まっすぐに、視線をそらさずに。

『人に訴えるなにか。人の心を動かすなにか。それは、僕の芸術性なんかじゃこえられそうもない壁だった』

あの時、怖さは感じていなかったと思う。ただ、目の前で止まって、視線をいっさい離さずに私に手を伸ばした先輩の瞳を、私はその時まだ、きれいだって思っていたから。

あの夏の日の夕暮れ時と同じだった。

でも、あの時先輩の指先から香《かお》った絵の具の匂いは、もうしない。

先輩の指先が私の頬に触れて、そのまま下へ流れるようにおりていった。まるで先輩が描く筆のように。私と先輩の視線は、ずっと絡みあったままだった。きっとたぶん、先輩から視線をそらすことなんてできなかった。

そして。先輩の指先が、私の首をはって、喉に触れた時。ピタリと先輩の手は止まって、私の喉に、触れた。その時たぶん、私は初めて先輩を怖いと思った。自分の指先が、震えているのを感じだからだ。首を絞められているよりも、たぶんもっと生々しくて、息が止まってしまいそうになる。つぶされて、しまいそうになる。

『――いっそのこと、きみごと消してしまいたい』

苦しかった。息が止まるかと思った。もう、自分の力で息を吸うことなんてないんじゃないかってそう思うくらいに。

先輩の言葉を聞いた瞬間、私はずるりと、のぼっていたはしごから深い水の中へ落ちてしまったような感覚にとらわれたのだ。

いつから？　いつからこうなってしまったんだっけ？

初めて先輩の絵を見た時、私は、ああ、芸術ってこういうことか、って。なにかがストンと腑に落ちた。それと同時に、憧れが恋《こい》として降ってきた。先輩の絵を描く姿が好きだった。先輩の絵が好きだった。色素の薄い癖っ毛の、長い前髪からのぞく先輩の目が好きだった。夏の太陽に輝く先輩の白いシャツが好きだった。絵を描いている時、隣で真剣にキャンバスに向き合う先輩のことが、世界で一番好きだった。同じ時に、同じように絵を描いて、同じ時間を過ごしていることが夢みたいにうれしかった。先輩が私の絵を褒めてくれるのが、うれしかった。私の絵を好きだと言ってくれた時、私も心の底から先輩の絵が好きだと思った。

いつから間違えてしまったんだろう。

いったいいつから先輩は、私に消えてほしいと思っていたんだろう。消してしまいたいと、思っていたんだろう。

──あんな絵、描かなければよかった。

私の、キラキラした、キラキラと輝いた世界を描いたはずだったのに。

どんな色だったっけ。私が描いたあの色は、いったいどんな色でできていたんだっけ。もうそれも、思い出せない。

私はその日から、絵を描くのをやめた。大好きな先輩を苦しめていた自分の絵が憎かった。描こうとしても、『いっそのこと、きみごと消してしまいたい』と言った先輩の声が、耳にこびりついて離れなくて。

……大好きな先輩と、大好きな自分の絵に、私は同時に裏切られた。そしてきっと同時に、私も両方を裏切っていたんだろう。

あの時描いた色を、私は今でも思い出せないでいる。


「──先輩とは、それっきり。卒業式でさえ、目も合わせてもらえなかったんだ。有名な美大に受かったってことだけは、タケちゃんから聞いた」

ノガミくんの腕の中で、どれだけの時間しゃべり続けていただろう。涙はもうとっくの昔にかわいていて、私をずっと抱きしめているノガミくんの顔は見えなかった。

「私の話は、これで終わりだよ」

あたりはもう暗い。きっと、校舎の施錠時間も迫ってる。

あれだけ胸に抱えていたあの頃の話を、こんなにもすんなりと人に話せる日がくるなんて思わなかった。私はとても冷静にこの状況をのみこめているみたいだ。

正直なところ、先輩の話どころか、先輩の顔を思い出すことさえ今まではためらっていたのに。

話している間、ためらうことなく鮮明に、先輩のあの優しい瞳を思い出していた。じわりと私を溶かしてしまうような、先輩のあの姿を。そして同時に、あの頃の馬鹿みたいに絵を描いて、先輩のことが大好きだった自分がよみがえってきた。

私、本当に、先輩のことが好きだった。

誰よりもなによりも先輩のことが好きだったんだ。だから私、簡単に、自分の世界を先輩にあげてしまった。一番最低なのは私だった。何度も考えたけれど、先輩を一番苦しめていたのは、まぎれもなく私だったんだ。

「――ミウ、お前は、馬鹿だな」

ノガミくんがそこで初めて口を開いた。その声はちょっとだけ震えていて、私を抱きしめる力がぎゅっと強くなった。

「そうだね……私は、馬鹿だよ」

「ああ、お前は、大馬鹿者だ」

「そうだよ、私、本当に馬鹿だった」

「──本当に思ってる？」

なにを、と。聞く前に、ノガミくんの体温が私から離れていった。同時にノガミくんの顔がまっすぐ私に向けられた。まっすぐに、私に。ああ、やっぱり。なんてきれいな色をしているんだろう。

「本当に、あんな絵描かなければよかったって思ってんの？」

もう、ノガミくんの声は震えてない。まっすぐ私に向かって、そう問いかけている。

それなら。私が出さなきゃいけない答えは。

「……そうだよ。あんな絵、描かなきゃよかったんだよ……っ」

苦しい。胸が張り裂けそう。描かなければよかった、あの絵を。何度もそう思った。

私が描かなければ。世界を描かなければ。

先輩を苦しませずにいられたかもしれない。

──でも。

喉もとまで、いつも、その言葉が出るのを、私は知っていて、でも絶対に口になんて出さないよ。だって、そんなこと、私が言う権利なんてない。

「ミウ」

顔を上げた先に、ノガミくんの真剣な顔があった。

「俺はお前を、甘やかすつもりはないよ。描かなければよかった、なんて、それが本当にミウの本心なら、お前は本当に馬鹿だ」

甘やかすつもりはない、なんて。ノガミくんはすべて見すかしたように、鋭い視線を私に向けている。

私それを、望んでいたの？

タケちゃんや、あのことがあって部活を辞めていったひとつ上の先輩たち、それからカナ。みんながみんな、ミウは悪くない、誰も悪くない、そう言って私に手を差しのべてくれた。

私はその手を、幾度となく払ってきたんだ。でも、そうやって言われることで、自分の中の罪悪感を和らげていたのは、間違いなく事実だ。

先輩にあんな思いをさせておいて、私は。本当は。本当は、本当は……。

「どうして認めねえんだよ。ミウの絵が、先輩に勝ったっていう事実に、罪悪感を感じる必要なんてどこにもないじゃねーか！」

「……ノガミくん……」

「ほんとに……お前、馬鹿だよ。なあ、お前わかってんのかよ。一番かわいそうなのは、先輩でも、ミウでもない。描いた本人に捨てられた、お前のあの絵なんじゃないのかよ……」

描かなきゃよかった。あの絵を。私の世界を。そう思った。私が描かなければ。世界を描かなければ。

――でも。

ああ、この先の言葉を、私は認めていいのかな。

涙がひと粒《つぶ》頬を伝うと、もうそれから止まることを知らないみたいにあふれてやまなかった。ノガミくんはそんな私をまっすぐに見つめている。

――私、描かなければよかったなんて、本当はそんなこと、思ってない。

本当は、本当は。

本当は、私の世界を描いたあの絵が大賞を取ったこと、すごくうれしかった。すごくすごくうれしかった。自分の絵が認められて、たくさんの人に褒めてもらえていること、本当はすごくうれしかった。私、ハヅキ先輩のことが好きだったのに、自分の絵が大賞を取ったことに、喜んでしまったんだよ。

そして同時に。

ハヅキ先輩の名前で大賞を取ってよかった、って、そう思ってしまったんだ。

大好きな先輩に大賞を取ってほしかった。でも、自分の絵が選ばれたこともうれしかった。全部ひっくるめたら、あの時作品が入れ替わっていたこと、私にとって悪い出来事なんかじゃなかった。

私は、先輩のことも、自分の絵のことも、裏切ったんだ。最低な気持ちが、私の中を駆けめぐってた。止まらなかった。私、あの時たぶん思ってた。

あの絵が先輩の名前で大賞に選ばれたこと、きっと運命みたいなものなんじゃないかって。

これが、私の中にある一番の罪悪感の理由だ。私本当に、馬鹿で最低な人間だね。

こんな私に、絵を描く資格なんてない。

先輩のことすごく好きだった。なによりも誰よりも好きだって、そう思ってた。でも私、絵を描くことが、本当は、それ以上に好きだったの。いつか先輩に追いつきたいって思ってた。認められたいって思ってた。先輩は私の憧れだったから。

だけどたぶん、私は自分で両方手放してしまった。あの時、私がひと言でもちゃんと、あの絵は私の絵だと主張していたら。私は、大好きな人と、自分の世界を、この手で捨てたんだ。

だから、きっとまぶしかったんだろう。

『自分の好きなものに正直でありたい』と言ったノガミくんのこと。大好きな原色を身にまとって、まっすぐに生きているノガミくんのこと。まぶしくて、本当は私、とてもうらやましかったんだ。

ノガミくんは私を、この黒い水の中からすくい上げようとしているみたいだ。一度つかんでしまったきみの手を、私はこのまま握りしめることができるのかな。まぶしく光るきみに、手を伸ばしてみてもいいのかな。

――なんて。

私は、なんて、図々《ずうずう》しくて、ズルいんだろう。

「……一番かわいそうなのは、私の絵、か」

視線を、落とす。ノガミくんの顔を、これ以上見ていられなかった。

ねえ、ノガミくん。

私はきみと出会って、あの時とは全然違う、どきどきして、あったかくて、あの日ふたりで飲んだホットココアみたいな日々を知ったよ。だってノガミくんが、いつも私のそばにいてくれたから。まっすぐに、私に向かってきてくれたから。

前を向こう、って。この水の中から抜け出そう、って。そう思えたんだよ。

ねえ、だけどね。

「……あの時の、私を、私は、許せないんだ……」

「許すってなんだよ。ミウ、お前はなにか勘違いしてる。自分が悪いんだって、思いこもうとしてる」

「よくないだろ！　なあ、ミウ、そうやってまた、自分の中で勝手に終わらせんの？　また、その時みたいに、俺のことも、終わらせんのかよっ……」

「もう、いいんだ」

──だって。

私が私を責めなければ、誰もが言うんだよ。ミウはなにも悪くない。誰も、悪くない、って。だけどそんなのお門違いの話だ。

私の絵を手離したのは私自身だ。好きな人のために、私は自分の世界を捨てたんだ。結果的に、大好きだった人を、傷つけてまで。

顔を上げないのは正解だった。ノガミくんの顔なんて見れないし、私の今の顔をノガミくんに絶対に見せられないと思った。

だって、ノガミくん。

私、ノガミくんのことが、好きだ。

もうきっと、ずっと前から。まっすぐに私を好いてくれるきみのことが、色の神様に選ばれたようなきみのことが、優しくて少し不器用なきみのことが。

本当は、好きなんだよ。

でも。

ノガミくんを見ていると、ハヅキ先輩を追いかけていた自分と少し重なって、胸が痛いんだ。あまりにきみはまぶしすぎるよ。

ねえ、だからね。

「ノガミくんに、私の気持ちが、わかるわけない」

私は、きみの手を、離すよ。


そのあとのことは、あんまりよく覚えていない。ただ、ノガミくんがずっと私の名前を呼んでいて、私はそれを無視して駆けだしていた。ひとりきりの廊下を、帰り道を、ただひたすら走った。

傷つけた。また、大切な人を、傷つけた。また、自分から大切なものを手放した。

でもたぶん、これでいいんだ。これで、いいの。だって私、あの時からもう、救われることなんて望んでいないよ。

もう、私があの時、私の世界を捨てた時から、もうなにも望んでなんていない。大好きだった先輩も、絵も、美術部も、なにもかも無くなって。いつも支えてくれたカナやタケちゃんにだって、私は本当のことを話せなくて。

私が、あの真っ黒にも見える青の水の中から、すくい上げられるわけ、なかったのに。そんなのずっと、わかっていたのに。

――どうして、涙が止まらないんだろう。

どうしてきみに、あの時のことを話してしまったんだろう。どうして一瞬でも、きみに手を伸ばしてしまったんだろう。

どうして、こんなにも、きみをいとおしいと思うんだろう。

あふれた涙で前が見えなくて、石につまづいた私はその場で派手に転んだ。ずしゃっ、と大きな音がして、あとからやってくる痛みにさらに涙があふれてくる。

今日の夕日は真っ赤で、起き上がった私の影が細長く伸びていて。

「……っ……」

泣いたらダメだ。だって自分で手放したんじゃない。

ヒリヒリと痛む両手をぎゅっと握る。止まらない涙がアスファルトに落っこちて、黒いシミをつくった。

「……止まってよっ……」

止めようとしたって、嗚咽《おえつ》となるだけだった。ひっくひっく、ああ、なんてカッコ悪いんだろう。転んで、泣いて、すりむいて、泣いて、泣いて。

——ノガミくん。

私、きみの色をよごせないよ。

あの時よりも、この世界の色を知っている
7.
この気持ちのカタチを探して

「ミウはね、本当に葉月先輩のことが好きだったんだと思う。でもきっとそれ以上に、絵を描くことがあの子にとって大きな存在なんだってこと、私たちも、先輩自身も、わかってた」

走り去っていこうとするミウのことを追いかけることもできずにひとりで美術室に戻ると、静かに頬を濡らすカナの姿があった。写真部の奴らはもう帰ってしまったらしい。

なにも言わずに横に腰かけると、カナは静かに話しはじめた。

「ミウは、自分が悪いって思ってる。そりゃあ、大好きな先輩が大賞を取ってほしいっていう気持ちと、自分ががむしゃらになって描きあげた絵が大賞に選ばれてうれしいって気持ちがごちゃごちゃになってしまったのは、わかる。作品が入れ替わってるなんて、誰も想像もつかないだろうしね」

「ああ、でも……」

「ミウはなにも悪くないでしょう。むしろ、ミウは傷ついた側のはずでしょう。あんなに、あんなにも感情が揺さぶられるような絵が、ミウの世界が、一瞬にしてミウのものじゃなくなっちゃったの。傷つくに決まってる。つらかったに決まってる。どうしていいかわからなかったに決まってる。でもね、あの子は、必死に隠すんだよ。私に隠す必要なんてなにもないのに。私だけは、なにがあったってミウの味方でいるのに。ミウの気持ち、わかってるようで、私はなにもわかってなかったのかもしれないね」

なにも言うことができなかった。

ずっと隣で見守ってきたはずのカナでさえ、こんなにも苦しんでいるというのに。俺にいったいなにができるというのだろう。あんなにも心が揺さぶられた絵を、ミウが見ていた色を、そして、ミウを。俺はどこまで、わかってやれるのだろう。

「ねえ、ノガミ」

カナの声に顔を上げる。カナの頬にはもう涙はなかった。その瞳には、力強いものが映っている。

「タケちゃんがアンタをここに連れてきた理由、私すぐにわかった。これを運命と呼ぶのなら、そうかもしれないね。それほどに、ミウの描く絵とノガミの姿は重なって見える。そして、ノガミのその色に対するまっすぐさが、絶対にミウをいい方向に導いてくれると思うの」

カナの言葉がずしりと俺の中に染みわたっていく。胸の奥が苦しくて、息がうまくできない。

あの時、ミウを追いかけることなんてできなかった。ミウは、名前を叫ぶ俺の声に振り返ることさえしなかったんだ。

どうして俺は、こんなに無力なんだろう。そしてミウは、どうしてあんなにすべてを抱えこもうとするんだよ。

ミウは悪くない。誰も悪くない。

周りはいつもそう言う、とミウは言っていたけど、そんなの当たり前だろう。だって、ミウも、ハヅキ先輩とやらも、誰もなにも、悪くないんだ。

なのにどうして、すべて自分のせいにして、ひとりで胸の中にしまおうとするんだよ。カナだって。タケちゃんだって。俺、だって。ミウの周りには、支えてくれる人が、そばにいてくれる人たちが、たしかにいるはずなのに。

──ミウはなにもわかっていない。

「……俺にしてやれることは、もうないと思う。ミウが自分で動かなきゃ、なにも意味がない」

ミウは、自分から俺の手をすり抜けていったっていうのに。俺になにができるっていうんだよ。これ以上、俺はもうなにもしてやれないよ。

なあ、だけどさ。

俺は少しだけ、ミウのことを信じてみたいと思うんだよ。ミウが、俺やカナ、タケちゃん、ミウの周りの人間たちの思いに、ちゃんと自分で気づくことを。そして、一年前の出来事からちゃんとサヨナラすることを。俺がミウに向けて言った『馬鹿』だという意味を、ちゃんとわかってくれることを。

＊　＊　＊

──ガコンッ。

頭を叩かれたと思うほどその音が脳に響いた。自販機《じはんき》のボタンを押したのは私なのに。

落ちてきたお茶のペットボトルを拾いあげてため息をつく。ココアが飲みたかったはずなのに、伸ばした指先は反射的にお茶のボタンを押していた。

「……つめた」

手にしたペットボトルは思いの外冷たかった。冬がもうすぐそこまで迫ってきているのを感じる。昼休みの廊下。空気は冷たくて、歩く足音もかたく響いている。

文化祭まで、あと三日。

私たち美術部と写真部の合同企画はかなり順調に進んでいる。カナの風船ゾーンはタロくんヤマくんのおかげでほぼ完成に近いし、アイコちゃん担当のかわいいゾーンはその名のとおり究極にかわいく仕上がってきている。

私はというと、アイデアがなにも思いつかなかったのでペタペタと色紙を貼《は》ってそれなりに写真映えする空間をつくってる。……テーマに沿ってるかは実に微妙なんだけれど。

あとひとつ、ノガミくんのゾーンは、まだ誰も足を踏み入れたことがない。

カナも、宮瀬くんも、タケちゃんでさえ入ることを禁止されてた。ノガミくんは作業中、まったくといっていいほどその空間から出てこない。

……別に、だからって言うわけじゃないけれど、私たちはここ数日顔を合わせていない。というか、私が手を離したあの日からもう、ノガミくんが私の視界に映ることはなくなった。

完全に手離した。これでいいんだ。文化祭が終わったら、ノガミくんはきっと部活をやめる。……そんな気が、する。

「……ミウ先輩」

後ろから突然声をかけられてハッとした。さっきまでここには誰もいなかったっていうのに。

後ろを振り返ると、財布を持ったアイコちゃんがうれしそうに立っていた。

「先輩も自販機ですかー？　ここ、誰もいなくて穴場ですもんね」

私の手もとのペットボトルを見てニコリと笑う。アイコちゃん、今日もかわいいなあ。あんなことがあったのに、変わらず笑顔を向けてくれることがうれしくてぎゅってしてあげたくなっちゃうよ。

「うん、そうなの。アイコちゃんも？」

「そーなんです！ なにげにここ、お気に入りスポットなんですよ？ ホラ、ここの窓からグラウンドがよく見えるんです」

グラウンド？

三階校舎の奥、階段横のこの場所は、たしかに人がまったくいなくて、前から穴場だと思ってたんだ。昼休みの自販機はどこも混んでいるから。でも、グラウンドが見えるっていうのは考えたこともなかった。たしかに、三階の一番端だから、この廊下の窓からグラウンドはよく見える。

「先輩、ほら、あそこ。ノガミさんですよ」

アイコちゃんが指さす方向に、元気にバスケットボールを追いかけるノガミくんの姿が見えた。今日も目立つノガミくんは、遠くからでも一瞬で見つけることができる。

「……今日はバスケしてるんだ」

「ちなみに、宮瀬センパイもいます」

「ほんとだ……なんか意外」

「宮瀬センパイが言ってました。最近ノガミさんに外に連れ出されるって。初めはいやがってたくせに、最近じゃあ宮瀬センパイ、運動神経が意外といいことに気づいて調子乗っちゃってます」

宮瀬くんって大人しそうなのに意外だ。そして、同じ部活だとはいえ宮瀬くんとアイコちゃんはすごく仲がいいんだなあと思う。

私もアイコちゃんの隣に並んで窓の外を見た。前に教室からのぞいていた時は、たしかサッカーをしていたな。あの時も実は宮瀬くんがいたのかもしれない。ノガミくんはやっぱりひときわ目立っていて、肌寒いのも無視してシャツを腕まくりしている。

「私、宮瀬センパイと部活でよく話すんですけど、前からノガミさんの話よく聞いてたんです」

アイコちゃんが窓から身を乗りだす。長いサラサラの黒髪が風に揺れた。

「ノガミさんって、人なつっこくて友達が多い印象受けるじゃないですか。だけど本当は、どこか人と距離を置いていて、あんまり笑わなかったそうなんです」

「……ノガミくんが？」

そこで思い出す。ノガミくんが私に向って初めて声を出して笑ってくれた時、私は彼に『ノガミくんってそんなふうに笑うんだね』と言ったんだった。

「宮瀬センパイっていつも眠そうにしてるけど、なにも考えてなさそうで案外人のこと見てるんですよ。宮瀬センパイ、言ってました。美術部に入ってから、ノガミさんが変わったって」

「……え」

「よく笑うようになったって。もともと派手な色が好きなことも、外見が派手だってこともあるけれど、そのことに前よりも自信と誇りを持ってるって。……ミウ先輩のおかげですよね？」

「そんな、私はノガミくんになにも……」

「ミウ先輩が、ノガミさんのことをまっすぐ面と向かって褒めたから。ミウ先輩が、ノガミさんのこと変えたんだって、宮瀬センパイが言ってました」

アイコちゃんが私のほうを向いたから、私もアイコちゃんを見る。そういえばタケちゃんも、ノガミくんがよく笑うようになったって言っていたけれど、それが私のおかげなんてこと、信じられない。

「……でもまた最近、笑わなくなった」

アイコちゃんがポツリとつぶやく。私の胸は、ドクリと音を立てた。

それと同時に前に向きなおしてグラウンドを見ると、ちょうどノガミくんが投げたボールが半円を描くようにゴールへ落ちた。

それはまるで雨上がりにかかるきれいな虹のようで、彼がいる世界はどうしてこうも輝いて見えるのだろうかと思う。ノガミくんが身にまとう色たちが、ノガミくんがいる世界が、まるで彼に恋をしているみたいに。

　キラキラ、キラキラ、輝いて光って見える。ノガミくんは、ノガミくんがいる世界は、あまりにもまぶしいんだ。

　……でも、こっちに振り返ったノガミくんの表情は曇《くも》っていた。周りがはしゃいでいるのに、ノガミくんは、笑っていない。

「……ミウ先輩、私、宮瀬センパイのことが好きなんです」

「へぇ……って、ええ!?」

　脈絡もなく伝えられた言葉に思わず驚いて再びアイコちゃんを見た。アイコちゃんは相変わらず外を見ていて……その視線が宮瀬くんを追ってるって、わかった。

「年上だけど、こんな生意気な私のことといやがらずに、ちゃんと見てくれているところが好きなんです」

　そのまっすぐな表情が、アイコちゃんがどれだけ宮瀬くんのことを好きかということを痛いくらい表している気がして。

「宮瀬センパイってちょっと変わってるから、やっぱり友達とか少ないみたいで。いつもひとりで本を読んだり写真を撮ったりしてたんですよ。まあそういう、人に流されないところも好きだったんですけど……」

　アイコちゃんの整ったパッツンの前髪が風にとられた。おでこもきれいな形をしているなあって、こんな時にふと思う。アイコちゃんの横顔はとってもきれいだ。

「ノガミさんに出会ってから、宮瀬センパイ変わったんです。ああやってみんなの中にまざることなんて、今までなかったって自分で言ってました。……初めはノガミさんに無理やり引っぱられてやっているだけだったけど、今は人と関わることも案外おもしろいって、そう言ってたんです。宮瀬センパイってね、あれで意外とノガミさんのこと大好きなんですよ。笑えちゃいますよね」

「……アイコちゃん……」

どうしてこんなことを私に話してくれるんだろう。アイコちゃんが見つめる視線の先に、楽しそうに笑う宮瀬くんがいて。

「だからね、ミウ先輩。私、自分の好きな人を笑顔にさせてくれたノガミさんに、すっごく感謝してるんです。そして、そのノガミさんを変えてくれたミウ先輩にも」

ドクドクと心臓がうるさく鳴りだす。アイコちゃんのまっすぐな思いがまぶしくて、ノガミくんの笑顔を思わず思い出してしまって。

「……ノガミさんの笑顔の理由、ミウ先輩ですよね」

——ノガミくんの、笑顔の理由。

思い出す、ノガミくんはよく笑ってた。カナと三人でくだらない話をしていた時。ふたりで帰る帰り道。私の頬を引っぱって注意してくれたあと。俺らって似てるんだね、って言った時。

「……ミウ先輩、今のままでいいんですか？　私、なにも事情なんてわからないけど、ふたりを見てるとツライんです。……ミウ先輩が、ノガミさんに笑顔を与《あた》えられる存在なんだって、私思います、だから――」

「アイコちゃん」

……アイコちゃんの声が震えだしたから、私はその言葉を止めた。

ノガミくんたちがバスケをやめて、校舎へ戻ろうと歩きだしている。久しぶりにまじまじとノガミくんを見て思う。

やっぱり、きみはきっと色の神様に愛されてるよ。だって、きみを見てると、いろんな色が浮かんでくるんだ。いろんな絵が、私の中に浮かんでくるんだ。

……描きたいって、思ってしまうよ。

私にそんな権利なんて一ミリもない。ましてやきみをこの手で手離したのに、私ってなんて調子のいい奴なんだろうね。ハヅキ先輩がこんな私を知ったら、きっとまた軽蔑《けいべつ》するんだろう。そしてまた、私に消えてほしいと言うんだろう。

「私は、人に笑顔を与えられるような人間じゃないよ……。私ね、ノガミくんの横には、もっとキラキラした人が似合うと思うんだ。私なんかじゃなくて、もっと、もっと……」

ああ、思ってもない言葉がよくもまあこんなにつらつらと出てくるものだなあって。

鼻の奥がツンとした。

「……先輩、馬鹿ですね」

アイコちゃんの声と、あの日のノガミくんの声が、重なって聞こえた気がした。

馬鹿、だって。そうか、私は、馬鹿なんだ。でも、だって、だって。

「……私からしたら、ミウ先輩だってキラキラしてます。先輩は、いろんなこと、勝手に決めつけすぎです。ノガミさんの気持ち、考えたことありますか」

ノガミくんの気持ち。痛いほど懸命に私を救おうとしてくれたノガミくんの気持ち。

……私また、わかってるつもりだった？　ハヅキ先輩のことを、わかっているつもりでいた時みたいに。

「ノガミさん、めちゃくちゃミウ先輩のことが好きなんですよ。見てればわかります。宮瀬センパイを変えたノガミさんを変えたの、ミウ先輩なんです。先輩の存在が、めぐりめぐって誰かを救ってるんですよ。それってすごくキラキラしたことじゃないですか？」

先輩はなにもわかってないです、って。アイコちゃんの声がまた震えた。

窓の枠をぎゅっと握った。どこかにつかまっていないと、今にも崩れてしまいそうだから。

「先輩、いろんなこと全部抜きにして、ノガミさんのことどう思ってますか？」

なにも言わない私に、アイコちゃんはまっすぐにぶつかってきてくれる。年がひとつ違うだけで、こんなにもまっすぐなのかと思う。

私は、逃げてるんだろうか。消してしまいたいと言ったハヅキ先輩から。ノガミくんを、好きだと思う気持ちから。

だって、ノガミくんはハヅキ先輩を追いかけていた時の私とは違う。そして、大好きだったハヅキ先輩とも違う。自分の気持ちに正直で、いつだってまっすぐに私のところへ駆けてきてくれた。好きなものに正直でいいんだって、ノガミくんが教えてくれた。

「私は……」

私は。……本当は。

いつも横で笑ってくれて、まっすぐに私にぶつかってきてくれて、真っ黒いような水の中から私を救い出そうとしてくれた、そんなきみのことが、本当は、本当はね。

「……好きなの。私ほんとは、ノガミくんのこと、好きなの……」

涙が出た。

なんでかなんてよくわからないけど。言ってしまったらもうおしまいだって思ってた。ノガミくんへの思いを口に出す資格なんてないって思ってた。

でも、好きだって気持ちはあんまりにもすんなりと口からすべり落ちてしまった。

いつからだろう。いつの間にか、こんなにもノガミくんのことが好きだった。問われたら嘘なんてつけないくらい、もう、きっとずっとずっと、ノガミくんに惹かれてたんだ。

「ごめっ……アイコちゃん……このこと、誰にも言わないで……」

「ミウ先輩っ……」

アイコちゃんが、私の手をぎゅっと握った。それがあったかくって、また涙が出た。

なんとなく思う。私の周りには、いつもこうして人がいたんだってことを。

どうして今まで気づかなかったんだろう。周りがいつも、いつも、私を救おうとしていてくれたこと、どうして気づかなかったんだろう。

「ミウ先輩。どんな事情があるのか、私にはわかりません。でも、いつだってミウ先輩の味方です。私も、ノガミさんも、カナ先輩も、タロヤマも、タケちゃんも、宮瀬センパイだって、みんなミウ先輩の味方です。……みんな、先輩のこと大好きです」

〝だから、抱えこまないで〟

……アイコちゃん。私がどれだけ大馬鹿者なのか、よくわかった。今、はっきりと、見えていなかった私の世界が見えた気がした。

ふと窓の外を見る。

グラウンドから歩いてきていたノガミくんたちはもう校舎のすぐそこまで来ていて。

……そして。ノガミくんと、目が合った。

恥ずかしい。また泣き顔を見られてしまった。……でも。あの日以来、初めてノガミくんの顔をちゃんと見た。初めてノガミくんと目が合った。

私を救おうと手をのばしてくれた人。

私の世界に再び色をくれた人。

「……アイコちゃん」

ノガミくんから視線をはずした。だって、まだ、ダメだ。まだ、私は自分からなにも動いてないんだ。

ねえ、手離したのは私だけれど。

「絵の具、余《あま》ってる？」

きみの手を、もう一度つかんでみようと思ってもいいのかな。

あの時捨てた自分の世界を、もう一度思い描いてもいいかな。

「もちろんですよ……！　ない色は、買いに行きましょう」

「ううん、ある色だけでいいよ」

混ぜよう、ごちゃごちゃに、色を。

きみを見ていると浮かんでくる色たちは、どうやったらつくれるだろうか。そんなの、試してみないとわからないけれど。

一年前の私より、きっと今のほうが素敵な色を知っている。みんなが与えてくれた色たちが、私を支えているから。

生まれてから現在に至るまで、私はけっこう真面目に生きてきたと思う。ずる休みとか遅刻とか、そんなものとは無縁《むえん》の人生を送ってきたつもり。

でもね先生、ごめんなさい。

今日だけは、午後の授業サボろうと思います。こんなの初めてでどきどきしているけれど、それ以上に胸を支配してる気持ちがあるんだ。

アイコちゃんと話を終えて、私は教室に戻った。かろうじて泣いてはいなかったものの、泣いたあとの顔なんてカナにはバレバレで、すっごく心配されてしまった。

ごめんね、ってつぶやいたあと。

いつも心の中で唱えてきた大きなありがとうをカナの目を見て伝えたら、カナは恥ずかしそうに笑った。

「馬鹿だね、ミウは」そんなふうに、目に涙をためながらカナが私を抱きしめた。ぎゅっと、あったかくて、止めていた涙があふれてしまいそうだったけれど、がんばってこらえた。その代わり、カナをぎゅっと抱きしめ返した。

いっぱい、いっぱい助けてもらった。カナはずっとずっと、私の隣にいてくれたんだ。なにも言わずに、ただただずっと一緒にいてくれた。

「ミウ」って。カナは私を離して、ポケットから出した物を私の右手に握らせた。それは冷たくって、カナの手が余計にあったかく感じたんだ。

「もう、ミウがなに考えてるかなんてわかるんだから。……これ、準備室の鍵。今日のために、ずっと持ってたの」

カナは笑って、鍵を握った私の手をぎゅっと握った。その時、私ってなんて馬鹿だったんだろうって、胸の奥が締めつけられた。

言葉なんていらないくらい、大切な人。

カナが私の気持ちをわかってしまったように、私もカナの気持ちがわかってしまった。ずっと、ずっと、この時を待っていてくれてたんだね。カナはなにも言わずに、なにも問いかけずに、私のそばにいてくれたけれど。本当はずっとずっと、私の手を握ろうとしてくれていたんだよね。わかっているつもりで、きっと私は全然わかってなかったんだ。

カナがくれた鍵を握りしめる。私の右手に重なったカナの両手の上に、さらに私は左手を重ねた。

カナがいつも先に帰っていくのは、この鍵をタケちゃんに返すためだったんだ。学校の鍵は職員室に保管されているから、きっと毎朝一番に借りに行って、部活終わりに返しに行って。あの日からずっと……カナはずっと、私がもう一度描くことができるようになるって、信じてくれていたんだね。

たぶん、言葉なんていらないと思った。カナと私が過ごしてきた時間が、言葉をこえてくれるんだってわかった。それくらい、私たちはずっと一緒にいたんだ。

あと三日でなにができるだろう。そんなこと、私にだってわかりやしないけれど。

今、この感情を、私は描きたいってそう思う。それはきっと、ノガミくんが、カナが、アイコちゃんが、私の周りの人たちが教えてくれたこと。

どうやったらこの気持ちを表すことができるだろう。そんなの、なにも持っていない私には、答えはひとつしかないよ。

ハヅキ先輩がこんな私を見たらどう思うかな。あの時描いたあの色を、私はもう思い出せない。だけど、たぶんそれ以上の色を知っている。あふれるばかりの、この世界の色を知っている。

絵の具の匂いが、する
8.
もう一度、きみの手を

夕方の美術室とはまた違った空気を吸いこんだ。開けた窓から冬の始まりが飛びこんできたみたいだ。

枯《か》れかけた葉っぱのにおい。湿《しめ》っぽい空気のぬくもり。窓の外の空は、四角に切り取られた群青色にクリーム色の雲がよく映えている。

久々に足を踏み入れた美術準備室は思いの外きれいだった。一年も放っておいたのに、ハヅキ先輩の絵や前から置いてあった粘土像《ねんどぞう》なんかがゴロゴロ転がっていたけど、ホコリひとつかぶっていない。誰かが整理してくれていたんだろうかと疑問に思ったけれど、今は早く描きたい気持ちのほうが強くて一心に用具を捜す。

もっと奥にしまってあるはずの私の絵たちは、見るのをやめた。昔の気持ちに左右される必要なんてどこにもないから。

絵の具が腐《くさ》ったような油のにおい。ちょっと懐かしさを感じて胸がいたくなる。誰もいなくてよかったなあ。今頃カナが、数学担当の小坂《こさか》先生に「野山は保健室です」なんて嘘をついてるんだろうな。

懐かしい戸棚を開けると、学校に備えつけられている画材用具が整頓《せいとん》もされないで詰めこまれていた。私も初めはこれを使ってたんだよなあ。のちのち、自分でいろいろとそろえることになるんだけどね。

使えそうなものをひとつひとつ手に取る。こびりついた絵の具の色が、いいようにも悪いようにも変色してるのを見て、時が流れたことを実感した。

もう丸一年も使っていない美術道具はほとんど使いものになんてならなかった。アイコちゃんが私に手渡した絵の具も、小学生や中学生が授業で使うようなチューブが数十本。紙はただの厚紙しかなかった。

でも、それで十分だ。

ハヅキ先輩とキャンバスを並べていた時とはまるで違うけれど、気持ちは少しだけあの時と似ている。描きたいという気持ち。世界が輝いていると思う気持ち。

毛がパサパサになった平筆を水でならす。私が一番初めにここで抽象画を描いた時も、たしかなにもわからずただの厚紙に色をぐちゃぐちゃと並べたんじゃなかったかな。

一年ぶりに、ここに立った。

真っ白な紙の前。自由に自分の気持ちを表現できる場所。

平筆の持ち手の部分ははげていて、絵の具を出すパレットは薄よごれていて所々欠けている。けれど、こびりついた色たちさえもいとおしく感じてしまう。

どうして今、ここに立っているんだろうかとふと思う。

それは、私が周りに支えられてきたからだ。そして私は、やっぱり、あの感覚を忘れることなんてできないんだ。

なんの取り柄《え》もない私が、自分の気持ちを表現できること。

それは、言葉じゃなくて。きっと、描かないとなにも伝わらないの。だって私にはこれしかないって、今さらそう強く思うんだ。

今日の午後をすべて費やして、明日と明後日は文化祭準備日で丸一日使える。三日後までに間に合う？　私の色たちは、私の思いをちゃんと描いてくれるだろうか。

あるだけの色を、パレットに出す。忘れられない感覚が私の手にまだ残っていることを感じて、平筆の柄をぎゅっと握った。

――一年間、私はここから遠ざかってきたけれど。

結局戻ってきてしまった。ううん、きっと、私にはこれしかないんだと思う。だって本当はずっと、私ここに立ちたかった。真っ白い紙の上に、色を重ねたかった。

色たちが奏でる色のハーモニーをつくり出しているのは、私だ。私が、色をつくるんだ。混ぜても決して黒にはならなくて、その時その瞬間でしか感じることのできない幸福な時間を。つくり出すのは、私自身の手だ。

ハヅキ先輩は、もう絵を描くことが義務みたいなものなんだって言っていた。だから、私に憧れていたんだって。

でも、きっとそれは違う。

先輩はきっと、気づいていなかっただけなんだ。先輩がどれだけ絵を描くことが好きかということ。そして、私を含んで、そんな先輩が描く絵を大好きな人たちがいたこと。自由に描くことを許さない〝評価〟という壁。そんなもの存在しないよ。描きたいというその気持ちが、描くことが好きだというその気持ちが、一番大切なことだったんだ。それは、『自分の好きなものに正直でありたい』と言ったノガミくんが教えてくれたこと。

でもきっと、私にひとつだけ先輩より秀《ひい》でたものがあったとしたら、あの時私は自分のためじゃなく、私の世界を形づくってくれている人たちのために絵を描いた。結果なんてどうでもよくて、ただただ必死にキャンバスに向かっていた。あの頃の私の気持ちはきっと、なにも間違ってなかったよね。

ノガミくんは私に、一番かわいそうなのは、お前の絵だって言った。……本当に、そのとおりだね。自分が描いた世界を手放したこと、本当はすごく後悔《こうかい》してる。あの絵を描かなきゃよかったなんてそんなこと、本当は思ってないよ。

──今ならきっと、全部受け止められる。

過去が変わるわけじゃない。先輩はまだ、私に消えてほしいと思っているかもしれない。あの時の絵の色を、はっきり思い出せるわけじゃない。

だけど。

描きたい気持ちが、私にはある。私を形づくる世界にいる人たちが、それを教えてくれたから。

夢中で重ねた。

大好きな原色たちが、私の世界をつくり出す。色が、私を描いてくれる。忘れていたものが一気に戻ってきたみたいに、ただただそれに没頭《ぼっとう》した。

私の空間、ダンボールの中にいたから、時間がどれくらいたっていたのかわからない。ガラリと、開いた扉の音で現実に引き戻されたみたいだった。空間内からは、ダンボールで区切られているから外が見えない。誰がやって来たのかわからないけど、誰かが来たってことは授業時間が終わったんだろう。

夢中で描いていたから、時間を全然気にしてなかったなあって。ぐっと背伸びをして、もう一度筆を持つ。

「——ミウ？」

ピタリと私の手が止まった。同時に大きくなった心臓の音が静まったこの空間に響いてないか不安になる。

……ノガミくんの、声だ。

なんて返事をしたらいいのかわからなくて、そのまま固まる私。ダンボールで仕切られた壁は思いの外厚いみたいだ。私と、ノガミくんの距離みたい。

「……絵の具の匂いが、する」

ノガミくんはちょっと驚いたようにそう言った。そして、よかった、って泣きたくなるくらいあったかい声でつぶやいた。

顔も、姿も、なにも見えないのに。この壁の向こう側のノガミくんは、きっと私が絵を描いていることに気づいたんだよね。

ノガミくんの『よかった』って言葉が、冷たかった空間を一気に暖めたみたいに私の心に刺さった。ノガミくん。……ノガミ、くん。

なにも言わない私に、ノガミくんもそれ以上なにも言わなかった。ガサゴソと音がしたから、きっと自分の空間に入ってまた作業を始めたんだろう。

私が、なぜそんなに真剣に文化祭のことを考えてくれるのかって聞いた時。『ミウがいるから』って、ノガミくんは言ったね。

ノガミくん、私ね、ノガミくんに伝えたいことがたくさん、たくさんあるよ。伝えなきゃならないことが山ほどある。全部のキッカケをくれたきみに。

私がちゃんと、この思いを描けたら。

きみは、私の話をもう一度聞いてくれますか？　もう一度、きみの手をつかんでも、いいですか？

この瞬間を忘れたくない
9.
そして世界が回りだす（ミウ）

ガヤガヤと、普段の美術室では信じられないくらいの騒がしさ。廊下には行列ができていて、カナがダルそうに〝最後尾《さいこうび》〟と書かれたプレートを持っている。

文化祭、当日。

お客さんが来るのかどうかかなり不安だった私たちだけど、始まってものの数分で行列ができた。案の定女の子たちはかわいい空間で写真を撮ってもらえる、というのに食いついたみたいだ。カナを客寄せパンダにしたおかげで男子も思いの外並んでいる。カナは毎回並んでくる男子に話しかけられて心底ウザそうにしているけれど、準備期間ほとんどのことをタロくんヤマくんに任せていたんだから、今日くらいがんばってもらおう。

「ちょっと宮瀬センパイ！　おひとり様一枚って言ってるでしょ！」

「いやでも俺がこの写真に納得いかない」

「はあ⁉　そんなのいーから、次！　次！」

一番人気はやっぱりアイコちゃんのかわいいゾーンだった。常にお客さんが絶えない。写真係の宮瀬くんも大忙《おおいそが》し。アイコちゃんが宮瀬くんを好きだってことを知ってしまっているから、ちょっとどきどきするんだけれど、仲のいいふたりを見てるとなんだか微笑ましいんだよなあ。

「チョット、風船われたんですけど！」

「エエッ、スミマセンっす！　大丈夫ッスカ！」

相変わらず体育会系ノリのタロくんヤマくんは、カナがいない風船ゾーンで一生懸命お客さんに対応している。風船ゾーンは案の定女子に大人気なんだけれど、これまたカナが列に並ぶ人たちに風船ゾーンをすすめているからか、男子にもかなり人気だ。うん、というか、思ったよりも確実に、私たちの文化祭は成功してるみたい。

……私のゾーンを除いては。

まあ、そりゃあそうか、とも思うけれど。まったく、というか全然、これっぽっちも私のゾーンにお客さんが来ない。

美術室に入れるのは四組様まで。入る時にどのゾーンがいいかを選んでもらう仕組みだけれど、私のゾーンを選んだ人はひとりもいやしない。

ノガミくんのところは、ほかのふたつには劣《おと》るものの、女の子のお客さんがチラホラと来てるみたいだし。……たぶんノガミくんねらいの子たちかなあって勝手に思う。

「ミウ先輩！　受付詰まってますよ！」

アイコちゃんに呼ばれてハッとした。しまった、私受付係だった。あまりにも私のゾーンにお客さんが来ないから、混雑した美術室入り口の受付をやらされることになったんだった。

「すみませんっ、どのゾーンになさいますか？」

ひと組中へ招き入れようと美術室の扉を開けた。

「あっ！」

「あ、野山さん」

そこに立っていたのはクラスメイトの有馬くんだった。それと、たぶん有馬くんの友達の三人組。普段男の子としゃべることはほとんどないけれど、有馬くんとは日直がかぶったことがあるからたまに話す関係なんだ。

「有馬くん！　来てくれたんだ！」

「うん、ちょっと興味あったしね」

ニッコリと笑った有馬くん。かわいらしい笑顔と身長が低いのが特徴《とくちょう》で、なにかと気にかけてくれる優しい人だ。そういえば、前にお昼のノガミくんたちのサッカーを見ていた時も日直だってことを教えてくれたなあと思い出す。

「それで、どのゾーンにする？」

「うーんと、ぶっちゃけよくわからないんだ。オススメとかってある？」

「オススメかあ……」

「ていうかさー！」

そこで、有馬くんの友達のひとりが声を発した。同じ学年なのに初対面だ。ウキウキした顔で私を見つめている。

「野山ちゃん？　だよねー！　有馬からよく聞いてるよ？」

「ちょ、お前なに言って、」

「有馬がかわいいかわいいって言ってるから、どんな子か見てみたかったんだよねー！」

「えっ」

びっくりして変な声が出た。だって、この人が変なことを言うからだ。あせった有馬くんが、友達の口を抑えてなんでもないから！　と言い放つ。

「え、えっと……」

「ごめん、本当に今のなんでも……」

「世界のゾーンでいいっすか？」

有馬くんの声に重なるように、横から低い声がした。私も、有馬くんたち三人組も声のほうに首を動かした。

……ノガミ、くん。

「詰まってるんで。世界ゾーンでいいっすよね？　案内します」

かなり低いトーンでそう言い放ったノガミくんの威圧感《いあつ》にやられたのか、有馬くんたちは素直にノガミくんについていく。いや、ノガミくんの言ったことは正論で、単に並んでいる後ろのお客さんを気にしてのことなのかもしれないけれど。

……だけど、もしかしたら。

ちょっと妬《や》いてくれたんじゃないのかなあ。こんなの、思う私がおかしいかな。さっきみたいに、ストレートにかわいいなんて言われたわけじゃないのに。自分の顔が熱くなるのがわかった。オマケに、混雑したのを心配して受付までやって来たアイコちゃんに、顔赤いですよ？　なんて言われてしまったし。

……自意識過剰《かじょう》だ、恥ずかしい。

でも。ノガミくんが好きだって認めたぶん、やっぱり期待もするしこんなふうに赤くもなるよ。ああもう、自分、馬鹿みたいだなあ。

……どきどきするのは、相手がノガミくんだから。そんなこと、もう痛いくらいにわかってる。

私のゾーンに人が入らないのはちょっと悲しいけれど、見てもらいたい人たちに今日の終わりに見せるって決めているから、作ったことは無駄じゃないと思う。まだ誰も足を踏み入れてない私のゾーン。ちなみに、ノガミくんのゾーンには昨日のうちに確認するために私以外の部員たちは入っている。

私はなんとなく……入れなかったんだ。

今日が終わったら。カナ、タケちゃん、アイコちゃん、宮瀬くん、タロくんヤマくん、……そしてノガミくんに、あの空間を見てもらいたいなって。夢、なんて。そんなテーマに合っているかどうか、わからないんだけれど。

「おー、繁盛《はんじょう》してるなあ」

「わっ、タケちゃん！」

ちょうどお昼頃。にこやかに美術室に入ってきたのはタケちゃんだった。今日はだいぶ機嫌がいいみたいだ。

「もうすぐお昼休憩《きゅうけい》だから、タケちゃん私のゾーン、見てく？」

「初めっからそのつもりだ。この三日間あそこにこもってた成果を見せてもらわんとなあ」

ハハハッてタケちゃんが笑う。明るくしているけれど、本当はすごく心配してくれていたことも、私が絵をまた描いてるって聞いた時、泣きだしそうになってたことも、カナから聞いて知ってるんだから。タケちゃんもきっと、ずいぶんと責任を感じていたよね。感じさせてしまったのは、私だけれど。

「……タケちゃん、ゴメンね」

「ははっ、どうした急に。お前が謝ることなんてないだろう」

タケちゃんが私の頭に手をポンっとのせた。それはタケちゃんが私を安心させる時のクセだ。優しくて、大きな手。

「タケちゃん、ほら。もうお昼休憩だから、来て。あらっぽいけど、けっこう自信作なんだよ？」

タケちゃんの手を引いて向かう、まだ誰も踏み入れてない私のゾーン。ひとり目はタケちゃんだね。これは、たくさん助けてもらったお礼だ。

タケちゃんを私のゾーンへと招き入れる。ここまでお客さんが来ないのは逆にすごいってくらい誰にも興味を持たれなかったけれど、タケちゃんはすごく楽しみにしていてくれたのが伝わるくらいキラキラと目を輝かせている。

入り口は黒いカーテン。それをひいて、ダンボールでできあがった狭《せま》い空間に私が始めに入る。そのあとに、タケちゃんがついて入ってきた。

タケちゃんはなにも言わない。それもそうだ。だって、天井までダンボールで囲ったおかげでここは真っ暗な空間で、たぶん目が慣れるまでなにひとつ見えやしないだろうから。

「じゃあ、つけるね」

「……つける？」

タケちゃんが不思議そうにそう言ったのを無視して、私はとあるスイッチを入れた。

その瞬間。

壁に沿うように地面と天井に設置されたライトが光る。ぼんやりとあったかく光るそれは、電球だけのシンプルなペンダントライトだ。実は、ノガミくんと買い物に行った時、なにかに使えるかもしれないって数個買ってきてあったもの。

色紙をペタペタと貼った部分はそのままだ。もう半分は、私がつくり出した色たちを何色も塗り固めた画用紙を貼りつけてある。ぼんやりと光るライトに照らされた色たちが、いっせいに私たちの目を奪う。そういう構成にしたかったんだ。

「……どう？　タケちゃん。幻想《げんそう》的でしょう？」

「いやあ……本当に、その言葉どおりだ」

タケちゃんの声が、ちょっとだけ震えていたことには、気づかないふりをしておこう。だってなんだか、私まで泣きそうだから。

「ここね、夢ってテーマなんだけどね。私、夢って明確にはわからないんだ。だって、今の自分のことだってまだなにもわからないのに、先のことがわかるわけないよ」

「野山……」

「でもね、タケちゃん。私、夢ってこういうふうに、真っ暗な中に突然光が差しこんで、たくさんの色が浮かんでくることと似てるんじゃないかなあって思うんだ」

そうだ、そしてそれは、たぶん私の周りの人たちが、いつも私に手を差しのべてくれていたこととよく似ている。

この光は、きっとタケちゃんたちと同じなんだよ。

そんなふうに言ったら、タケちゃんの声が完全に涙声だったから思わず笑ってしまった。もう、タケちゃんは本当に生徒思いの先生だね。

「タケちゃん、あの日から、私迷惑ばかりかけてきたね。タケちゃんはたぶん、自分にも責任があるなんてそんなこと思ってたと思うけど、それは全然違うんだからね」

「……野山はいつの間にか、強くなったなあ……。きっと、あいつのおかげだろう」

「あいつ?」

「ノガミだよ。……あいつを見た時思ったよ。、野山の絵と似てるって。直感だった。俺も年はくったけど、そこらへんの感性はまだ残ってるな」

「タケちゃん……」

「あいつを、ノガミを、ここへ連れてきてよかった」

うん。そっか。タケちゃんの気持ち、痛いほど伝わるよ。

ノガミくんはきっと、運命の人だ。私の絵を形にしたような人。そしてきっと、その運命の歯車を合わせてくれたのは、タケちゃんだね。

「それとな、野山。浅井のことだが」

ドクン、と。心臓が揺れた。

浅井。ハヅキ先輩のことだ。タケちゃんが先輩の名前を出すなんてめずらしくてちょっとビックリした。でも、今までより全然冷静にその名前を受け入れられる。

浅井。ハヅキ。浅井葉月先輩。

「ずっと言おうか迷ってたんだ。ヘタになにかを言って野山を混乱させてもなあと思ってな……」

「うん……」

「もう、大丈夫か？」

「うん。ハヅキ先輩の名前、冷静に受け入れられてる自分に、自分でもビックリするくらい」

「ははっ、そんな答えが返ってくる日がくるとはな」

タケちゃんは私の描いた色たちを見つめていた。私も、タケちゃんの横顔から目を離して色たちを見た。

「浅井な、今は美大で抽象画じゃなくて具象画を描いてるんだ。あいつの父親が有名な画家で、具象画を描く人なのは野山も知ってるよな？」

「うん……」

私はタケちゃんの顔を見ないで返事をした。

「あいつもアレでだいぶ悩んでたんだ。そう、ちょうどあの時な……高三ってのは、自分の進路を決める大事な時期だろう。あいつは成績もそれなりに優秀だったし、無理に美大に行ってお父さんと同じ道を歩む必要なんてなかったんだ。あいつは父親のことを毛嫌いしていたけど、本当は心の底から尊敬してたな。いつか認めてもらいたいって、ずっとその思いを抱えて絵を描いてた」

「うん……わかってた。先輩自身からも、先輩の絵からも、それは感じてたよ」

「そうだよな。野山が一番近くにいたからわかるに決まってるな」

……一番近く、か。

私は先輩の近くにいられたのかな。あの時、一緒に時間を過ごしていた日々。

「実はな、浅井が美大進学を決めたのは、野山のあの絵を見てからなんだよ」

「……え？」

「言わないでくれって言われてたけどな。あいつ何度も、何度も、俺に頭下げにきたんだよ。あれはミウの絵だから、大賞にはミウの名前が載るべきだってな。運営に問い合わせてほしいって、何度も、何度も」

ビックリして声が出なかった。だってあの時、私もハヅキ先輩もなにも言わなかったからこそ、事を大きくしなかったんじゃなかったの？　先輩は、私に消えてほしいって思っていたんじゃないの？

「俺もできる限りのことはしたつもりなんだ。何度も運営に電話をかけたけど、しょせん高校生の小さなコンクールだ。今さらだ、って全然取りあってもらえなかった。それに、浅井のお父さんは美術界でも本当に力のある作家でな。そこからの圧力も大きかったんだと思う。本当に力不足で、すまなかった」

タケちゃんが私のほうを向いて頭を下げる。私はそれにやめてよ、なんて返しながら、喉もとまで出かかっている熱いなにかを必死にのみこんだ。

……先輩、私に消えてほしいって、そう思っていたんじゃないの？　どうして先輩が、私のためにタケちゃんのもとへ行ってたの。……どうして。

「野山、あいつ言ってたんだ。美大を志望するって決めた時、俺の目をまっすぐ見て。『僕は、ミウの絵に心を打たれたんです。大賞だとか、勝つだとか、認められたいだとか、そういうの、なにも関係なかった。ただ今は、ミウみたいに純粋《じゅんすい》に絵を描いてみたい。自分自身を試したいんです。ミウのおかげで、やっとそのことに気づけた』って」

アイコちゃんの言葉を思い出す。『先輩の存在が、めぐりめぐって誰かを救ってるんですよ。それってすごくキラキラしたことじゃないですか？』と。

ハヅキ先輩がもし、本当に私の絵に心を打たれたと言ってくれて。自分自身を試したいと、前を向いてくれて。……そして、そのきっかけが私の絵だったとしたら。

——私が私の世界を描いたことに、ちゃんと意味はあったんだ。決して、無駄なことじゃなかったんだ。描かなければよかった絵じゃ、なかったんだ。

「それであいつ、具象画を描くようになったんだ。もともとそっちのほうが得意だったのに、父親への反発心から抽象画を描いてただけなんだよ。……まあ、反発心だけであそこまでの絵が描けるのは、やっぱりあいつの才能だとも思うけどな」

胸の奥が鳴って、目頭が熱くなる。気をゆるめたら今にも涙があふれてしまいそうだった。でもそれを、グッとこらえる。

「……タケちゃん、聞いて？」

私の言葉に、タケちゃんは返事をせずにうなずいた。私の声が震えていることに、きっと気づいたんだろう。

「私、私ね。ハヅキ先輩の絵がすごく好きだった。先輩は私の絵に心を打たれたって言ったけど、あの絵が生まれたのは先輩がいたからなんだよ。先輩がいなかったら、私はあの絵を描くことなんてできなかったと思う」

喉の奥が苦しくて、息を吐くのが難しかった。けれど、聞いてほしい。ずっと私たちのことを見守ってくれていたタケちゃんには。

「ずっと、どうしてあんな絵を描いてしまったんだろうって、どうして私は先輩を苦しめることしかできなかったんだろうって、そう思ってた。だけどそれは、全然違ったんだね」

「野山……」

「だってあの絵は、誰のためでもない、私のための絵だ。私が描きたいと思ったから描いた絵だ。『描かなきゃよかった』なんて思う必要はこれっぽちもなかったんだね。評価も賞もなにも関係ない。……だって私、絵を描くことがすごく好きなんだ」

タケちゃんがズッと鼻をすすった音がして、思わず笑ってしまう。ノガミくんにこう思わせてくれたのはきみだと言ったら、どんな顔をするんだろう。

「……ハヅキ先輩はきっと、これからもずっと絵を描いていく人なんだろうなって、私思うよ。きっともっともっと、先輩はすごい人になるよ」

私よりも、ずっとずっと遠くへ羽ばたいていける人。ハヅキ先輩との日々を、こんなにあたたかく胸の中にしまえる日がくるなんて思いもしなかった。それは、今まで私を支えてくれたカナやタケちゃん、そしてノガミくんのおかげなんだよ。

いつか先輩にまた出会える時がきたら、その時はまた隣で絵を描きたい。恋愛感情とか、そういうものとはまったく別ものの、人間として、私はハヅキ先輩が好きだ。先輩はずっと、私の憧れだ。それはきっと、今までもこれからも変わらないこと。だって、絵を描く楽しさを教えてくれたのはほかの誰でもないハヅキ先輩だから。

「……よかった。野山のその笑顔が見られて、なんだか安心したよ」

「タケちゃん、本当に……本当に、たくさん、ありがとうね……」

「ははっ、礼を言われることなんてしてないけどな。……でも、こういう瞬間に、教師をやっててよかったなあと思うよ」

タケちゃんが顧問で、本当によかった。

やっぱり私は、周りの人たちにたくさん支えられて生きてるんだね。今まで気づかなかったぶん、これからたくさん感謝を返していきたいよ。

「あ、そうだ。準備室を管理してくれてたのも、タケちゃんだよね？　作品たちにホコリひとつかぶってないからビックリしちゃったよー。本当にタケちゃんっていい先生だ」

「え？　準備室はもうずっと使ってないはずだが……」

「……え？」

「わっ！　なんですかこれー！　すごい幻想的！　ロマンチック！」

いきなり入ってきたアイコちゃんにビックリして、私もタケちゃんも思わず振り向く。目をキラキラさせたアイコちゃんの後ろには、宮瀬くんやカナ、ヤマくんタロくんも続いて入ってくる。

「ちょ、狭い狭い！　一気に入ってこないの！」

「だってタケちゃんとミウ先輩、全然出てこないから心配になっちゃって」

「ははっ、ちょっと長話しすぎたな」

タケちゃんがまた私の頭にポン、と手をのせたあと、入ってきたみんなを見る。タロくんヤマくんの後ろには、無表情のノガミくんがいた。

みんなが、ぼんやりと光るライトに照らされた私の色たちを見ていた。

泣きそうになりながら、その光景を見た。ずっと、ずっと、この光景を目に焼きつけておきたいくらいだ。一生忘れたくない。

薄暗いのに、ここはとっても光った空間みたいに思えるよ。

私の色たちが、私の大好きな人たちを囲んでいる。……こんな素敵なことってないよ。

描いてよかった。……もう一度、絵を描いてよかった。色を重ねてよかった。

ああ、今、たぶんはっきりと見えた。私の世界が、動きだす瞬間が。

出会えてよかったと、心から
10.
そして世界が回りだす（ノガミ）

窓の外が暗い。客ももうほとんどいない。風船ゾーンにいる女子二人組が終了したらたぶん最後だろう。そろそろ後夜祭が始まるから、生徒たちはみんなグラウンドへと向かいはじめている。

さっき、ひと足さきにアイコが宮瀬を誘《さそ》って美術室から出ていった。あいつ、意外とやるよなあと思いながら、宮瀬もまんざらでもなさそうだ。タロヤマのふたりも、たぶんあの仕事が終わったらグラウンドへと走るんだろう。一大イベントだ。

そして、俺は。

「……ノガミ」

「カナ……」

「私、いろんな人に誘われてるから後夜祭行ってくるわ。……ミウのこと、頼んだよ」

カナの目が、俺をまっすぐに見ていた。……いつも、こうだったなあと思い返す。先に帰っていくカナが、俺にミウを頼む時。カナの『頼む』がどういう意味なのか、初めはわからなかった俺だけれど。

今ならわかるよ。

カナがミウをどれだけ大切に思っているか知っている。だからこそ、俺もミウを余計大事にしなきゃと思うよ。……まあ、何度も拒否《きょひ》られてるんだけどさ。

「……わかってるよ。でも、これでミウが泣いたら、その時は頼むよ」

「泣かせたら許さないからね」

「……肝《きも》に銘《めい》じます」

カナが俺に背を向けて、「健闘《けんとう》を祈《いの》る」とヒラヒラ手を振った。わかってるよ。

俺は、ミウにもう一度、ちゃんとこの思いを伝えたいんだ。もう抑えようがないくらいの、この気持ちを。

「――ノガミくん」

ビクッと、後ろからしたその声に俺の肩が揺れた。同時に胸が、張り裂けそうなくらい熱い。

……いつ以来だろう。ミウが俺の名前を呼んだのは。

いったいいつから聞いていなかったけ。ミウの声は、こんなにもきれいだっただろうか。

「……ミウ」

俺から話しかけようと思っていたのに、ミウから話しかけてくるなんて予想外で、頭の中で話そうと決めていたことが一気に消えた。どうしてくれるんだよ。

振り向いた先に、小さくて弱々しい彼女がいた。でももう、いつもみたいにふわふわした感じはしない。

地に足がついた、って感じだな。なんだかちょっと笑えてきた。

「ちょ、なに笑ってるの……」

「いや、なんか……久々だなって思って」

うれしくて、思わず顔がにやけたのもある。そんなことを言ったら、きっとミウは頬を膨らませて冗談言わないの、って怒るんだろうな。全然冗談なんかじゃないけれど。

「ねえ、ノガミくん、私——」

「待って」

「え、」

「話す前に、ミウに俺の空間見てほしい。まだ入ってないだろ」

ミウが俺の目を見て、それからゆっくりとうなずいた。

今日、これを見てもらうために、俺はいろんなことを我慢《がまん》してきたんだよ。本当はミウに話しかけたかった。謝りたかった。そしてもう一度気持ちをちゃんと伝えたかった。でも、それは俺の自分勝手だから。とにかく、この文化祭を美術部部員として成功させたかったんだ。

……そして同時に、俺の空間を見てほしかった。

「……入って？」

黒いカーテンで仕切られたそれを右手で引く。薄暗くなった美術室から、さらに暗いダンボールで区切られた空間の中。

どれだけ暗くたって、一瞬で目を奪われる。

「……こ、れ……」

ミウの声が震えた。俺だってだよ。今、ここに、ミウがいる。それだけで泣いてしまいそうだ。

どれだけ暗くたってよくわかる。それは、ダンボールの壁を埋める、無数のミウの絵たちだ。

「なんで、これを……」

「準備室から持ってきたんだ。……勝手に、ゴメンな」

準備室には、カナが俺に見せてくれた、ミウが大賞を取ったあの世界の絵だけじゃなくて。ミウが描いたたくさんの絵が、何枚も転がってたんだ。

俺はそれを全部拾いあげて、丁寧にホコリを落としてやった。無造作に置かれている作品も全部きれいに整頓して。所々絵の具がはげてるモノもあったけれど、それはそれで味があると俺は思うよ。

ミウの、絵を。色を。世界を。

この小さな空間に、隙間なんてないくらいに詰めこんだ。心臓がつぶされるようなこの色たちを、俺はどうしても外に出してやりたかったんだ。

「……これ……」

ミウが一枚の絵に手を伸ばす。それは一番目立つところに飾られた、――あの、大賞を取った世界の絵だ。

「……見たくなかったかもしれないけど。俺は、ミウの描く絵が……すげえ好きだよ。心臓射貫かれたんじゃないかって思うくらい、心もってかれた」

ミウの細くて白い指が。

その絵を、まるで人をなでるみたいに、優しく、優しく、なでた。

「……うん」

「……ノガミくん。私ね、この絵の色を、全然思い出せなかったの」

「馬鹿だよね、私。ノガミくんが言ってくれたとおりなんだよ。馬鹿なのは、私だったんだ」

「ミウ……」

ミウの横顔があまりにもきれいだったから。俺はそんなミウの横顔を、ただ見つめることしかできない。ミウが描いてきた絵であふれたその空間に、ミウがいる。そのことにすでに泣きそうだっていうのに。

心臓をとらえるような、息が苦しくなるような、そんなまるで命でも持っているかのようなミウの色たちが、俺にはとてもキラキラ輝いて見えて。色であふれたこの空間が、この世界が、まるできみに恋をしているみたいだとそう思ったんだ。

そして、優しくその絵に触れるミウの指が、少し震えているのが、わかった。

「私、この絵を、描いてよかった……」

なあ。たぶん、この世界のどこを探したって、俺の心をこんなに揺さぶる人なんていないよ。こんなに俺をとらえる色を、俺は知らない。胸の奥が強く鳴っている。熱いものがこみ上げて。

「ノガミくん。あのね、私、描いたの」

「描いた、って……？」

「ノガミくんに、見てほしい」

そう言うと、ミウは一瞬この空間から出ていって、そしてすぐに帰ってきた。一枚の紙を持って。

「……色も紙も、あり合わせだから全然大したものなんかじゃないんだけどね」

ミウはちょっと笑って、俺にその紙を差し出した。丸めてあるその厚紙を、俺はゆっくりと開く。その、刹那《せつな》。

――ああ、もう、限界だ。

涙が頬を伝った。泣きたくなんてなかった。だって今日はきみに思いを伝える日なのに。なんて俺カッコ悪いんだよ。

だけどさ、ミウ。

もう止められない。この思いを加速させてるのはきみだよ。だってこんなの。

「……ヤバイ、ごめ……」

「ははっ、ノガミくん泣かないでよ。……これね、今の私の世界だよ。ノガミくんがいる、私の大好きな世界」

ミウがくれた抽象画。

それはまるで、世界が動きだす瞬間をとらえたように——色であふれていた。俺の瞳と同じような碧色をベースに、様々な色が紙いっぱいに敷《し》きつめられていて。大好きな原色が何層にも重ねられて、ミウの痛いくらいの気持ちがそのままダイレクトに伝わってくる。言葉なんてきっといらなかった。キラキラして、胸が熱くなって、もう止められないくらい、ミウの色が、ミウの世界が、俺をとらえたんだ。

「……あー、くそ、俺ほんと、カッコ悪い……」

「ははっ、ノガミくん、かわいいね」

「……余裕すぎて、ムカつく」

目からあふれた涙を拭《ぬぐ》って、俺はゆっくりと、ミウがくれた絵ごと抱きしめた。抵抗されるかな、なんて思ったけど、きみは案外すんなりと俺の腕の中に収まった。

ああ、もう。また泣けてきそうだ。やめてくれよ、ほんとに。

ミウの鼓動を全身で感じる。おまけに抱きしめたことによって見えたミウの首と耳は真っ赤だった。……余裕じゃねえよな。俺も、ミウも。

「なあ、ミウ……」

「待って。……私から言わせてよ、ノガミくん」

今度は私ががんばるから、なんて俺の腕の中で言っているミウがかわいすぎて、さらにぎゅっと強く抱きしめた。

「……わかったよ。……なに？」

「……あのね……」

ミウの手が、俺のブレザーをぎゅっと握った。小さくて、かわいくて、きっと誰よりも俺をとらえて離さない女の子。

「ノガミくんが、好きだよ」

それはずっと、ずっと、俺が聞きたかった言葉だ。なんかもう、なんでもいいよ。もう全部丸投げして、きみを一生抱きしめていたい。

「……俺も、好きだよ。すげえ好きだ。世界で一番、ミウのことが好きだよ」

「ちょ、ノガミくんそれは言いすぎ……」

「ほんとのことだからしょーがないだろ」

きつく、ミウを抱きしめる。あったかくて、ああここにいるんだって実感した。大好きな、大好きな女の子。やっと、手に入った。

「……ねえノガミくん」

「うん?」

「私ね、夢ができたよ」

「夢?」

「うん。私やっぱり、絵を描くことがすごく好きなんだ。自分の気持ちを筆にのせて、大好きな色たちが表現してくれるの。その瞬間を、これからもずっと感じていきたい」

「ミウらしくていいよ。それに、ミウが描く絵がすげえ好きな俺にとったら、ミウが絵を描き続けてくれるなんて願ったりかなったりだ」

ふふ、って。俺の腕の中でミウが笑う。ミウの世界の絵がここにふたつある。過去も、今も。そしてきっと、未来も俺のもとへ見せにくるんだろう。

「ノガミくんがいてくれたから、見つけられたんだよ。ノガミくんが、私を変えてくれたんだよ」

きみがいるこの世界で、きみに恋をしてよかった。泣きたくなるくらいの思いを、きみごと全部抱きしめるよ。

「ノガミくんに、出会えてよかった」

「それ、前も聞いた気がするけど」

「本当に本当に、心からそう思うんだもん」

「なんだそれ。……まあ俺も、そう思うけどさ」

少し離してやると、きみは俺の腕をスルリと抜けて目の前に立った。ほんと小さいな。でもそこも好きだ。言ってやらないけれど。

ミウが笑顔をつくる。そして、もう一度俺の目を見て言った。

「好きだよ」

俺はそれに、不覚にもまた泣きそうになりながら、俺も、って返すんだ。

俺の目に、たくさんの色たちに囲まれたミウが映る。はっきりとかたどられたこの笑顔を、俺はきっと一生忘れないだろう。

――ああ、ほら。きみの笑顔を合図に、俺ときみの世界が、回りだした。

Fin.

Afterstory 1

窓を開けると冷たい空気が頬をかすめた。

入ってきた風に乾いた冬のにおいを感じながら息を吐くと、それは一瞬で白く染まる。

ぼんやりと浮かんでいくその白い空気を眺めながら、今日がここで過ごす最後の日か、と感傷に浸ってみたりして。

手に持った白い封筒《ふうとう》を開くと、便箋《びんせん》が風でヒラヒラと揺れた。私はそれを手で押さえつけながら、何度も読み返したこの手紙に再び目線を落とす。

『拝啓ノヤマミウ様』——見なれないハヅキ先輩の字だ。


三月、卒業式。

いつかこの日がくるってわかっていたけれど、いざ迎えてしまうとやっぱり寂しい。

誰もいない美術室にひとりでいると、なおさらそれを実感してしまうな。

冷たい風にあたりながらこの三年間を振り返る。本当にいろんなことがあった。思い出したらしんみりとして、泣けてくる。

二年生が終わって、三年生になってから、美術部はノガミくんとカナのおかげで賑やかさを増し、さらに新入部員が六人も入ってきて、廃部になることはもうなさそう。

私は自分の夢のために美大へ進学することを決めたから、十一月の推薦入試まで部活に顔を出していたんだけれど、カナやノガミくんは目標の大学に進むため、受験勉強に専念することを決め、六月で部活を引退した。

ふたりが部活からいなくなってしまった時はすっごく寂しかったなあ。でも、目指す先は違えどやりたいことをやるためにがんばっているのは私もカナも、そしてノガミくんも同じだった。だからそれなりに充実していたのだけれど。

それに、部活がなくても、ノガミくんは毎日私の教室まで会いに来てくれたんだ。まあ、カナにわからない問題を聞きにきていたっていうのもあるんだけれど。

久しぶりに訪れた美術室は、ダイニングテーブルのような大きな机も、そこに並んだ数個の丸い椅子も、古びたソファも、私たちが過ごしていた時となんら変わらずそのままだった。

ただしひとつだけ大きく変わったことがある。それは、きちんと活動するようになったことを示すかのように、美術部員が描いた絵や創作した立体作品が並んでいるということだ。そこにはもちろん私の作品もいくつか含まれている。

とはいえ再び絵を描くようになって、すべてがうまくいったわけじゃない。

自分の中の想いを表現しきれず納得のいく作品ができない、いわゆるスランプというものにこれまで何度も陥ってきた。

けれどそのたびに、私には絵を描くことくらいしか取り柄がないって気づかされるんだ。結局いつも、真っ白なキャンバスの前に戻ってきてしまう。

まるで、それが運命みたいに。いつのまにか引き寄せられて、離れられない。

「――ミウ」

ふと、どこからともなく私を呼ぶ大好きな声が聞こえた。

ゆっくりと振り返ると、思ったとおりノガミくんが美術室の入り口に立っている。

珍しくブレザーのボタンをきちんと閉めていて、派手な色のカーディガンも着ていないしベルトもしていない。卒業式だったからだろう。

「ノガミくん!」

「寒いのになんで窓なんか開けてんだよ」

「だって、この窓から見える景色も最後だなあと思って」

呆れたように私を見つめるノガミくん。美術室の入り口にいる彼と、奥の窓際にいるわたし。

「ねえ、なんかこの光景懐かしくない?」

「はあ?」

「ノガミくんと初めて会ったときだよ。覚えてる?」

「あー……俺がタケちゃんから逃げて、ここに初めて来た時か」

そう、ノガミくんと私が初めて出会ったとき。息を切らしてこの扉を開けたノガミくんと目が合ったんだ。あの時のこと、今でもよく覚えている。

「なんかね、あの時、なんて言ったらいいかわからないんだけど……すごく、きれいだなって思ったんだ、ノガミくんのこと」

「なんだそれ」

ノガミくんが喉を鳴らしてククク、と笑う。その表情はかなりうれしそうだ。ノガミくんってわかりやすい。

そのままゆっくりと歩いてきたノガミくんは、自然に私の横へと並んだ。

風が冷たいわりに、窓際に差しこんでいる太陽の光があたたかい。

「あの時は、まさかノガミくんが美術部に入部してきて、私のこと好きだって言ってくれるなんて思ってもみなかったなあ……」

「俺も思ってなかったっつーの。まさかミウのこと好きになるなんて」

「なにそれ、ノガミくんったらひどいなあ」

私が頬を膨らませると、ノガミくんは首をかしげて私の顔をのぞき込んだ。

「……まあでも、なんでかわかんねーけど、こんなにミウのこと好きになっちゃったんだから、人生ってなにがあるかわかんねえよな」

私が一瞬で頬を熱くしたことに気づいたんだろう。ノガミくんは満足気に笑う。こういうところ、ノガミくんって本当にずるい。

「もう、ノガミくんの馬鹿……」

「はは、いつまでたってもなれないミウがかわいいんだよ」

サラッとそんな甘い言葉を言ってのけるけれど、いつまでたっても私はこれになれない。ノガミくんって本当に素直だ。

「それにしても、私がここにいるってよくわかったね」

「ミウがいそうなところなんてここしか思い浮かばねぇよ」

卒業式が終わって、最後のＨＲが終わってすぐ。

写真撮影やらなんやらと騒がしい廊下を抜けて、私は一目散に美術室にやって来た。

カナはまだ後期の受験が残っているからと、先に帰ってしまったし。

……それに、卒業式前にタケちゃんから渡されたこの手紙を読むのは、ここ美術室じゃないと駄目だと思ったんだ。

「ノガミくん、これね、……ハヅキ先輩から」

「え？」

私の手もとにある手紙に気づいたノガミくんが目を丸くしてそれを見る。

私の口からハヅキ先輩の名前が出たことなんてすごく久しぶりのことだ。きっとすごくビックリしただろう。

私でさえ今朝、タケちゃんからこの手紙を受け取った時すごくビックリしたんだから。

「私もビックリしちゃった。今朝、タケちゃんから渡されてね」

一度しまった便箋を封筒から取り出すと、ノガミくんは黙ってそれを見ていた。

「卒業おめでとう、って」

ハヅキ先輩からの手紙は短く、そしてとても簡潔なものだった。

卒業祝いと、春から同じ大学に通うことになった私への励《はげ》まし。

そして、僕にも大切な人ができました、と。

その文字を見た時、思わず頬がゆるんでしまった。だって、メールでなく、こうやって手紙で知らせて来るところがとてもハヅキ先輩らしいと思って。

「タケちゃんって、本当に生徒思いの先生だよね。ハヅキ先輩とは、先輩が卒業してからもずっと連絡取ってたんだって。私がハヅキ先輩と同じ美大に進むことも……ノガミくんのことも、先輩全部知ってたみたい」

「へえ……」

なんでもないような顔をして便箋をのぞき込むノガミくんは、先輩の丁寧な文字をそのきれいな瞳に映していた。

ハヅキ先輩の手紙をノガミくんが読んでいるなんて、なんだか変な感じだ。

「大切な人ができました、か」

「ね。いちいち報告してくるところが、ハヅキ先輩らしいなって思うよ」

ハヅキ先輩のこと。きっと、ノガミくんがいなかったらずっと、胸の中にしまったままだっただろう。

こんなふうに先輩からの手紙を心おだやかに読めるのは、ほかでもない、ノガミくん、きみのおかげなんだ。

「……妬く？」

「え？」

「ハヅキ先輩に大切な人ができたって聞いて。……ミウは、妬かねえの？」

ノガミくんのきれいな瞳が私に向けられた。その表情を見て、思わず頬がゆるんでしまう。

「ふふ」

「……なんで笑うんだよ」

「だって、ノガミくん、私が妬いたなんて言ったら拗ねるくせに」

私の言葉にノガミくんは一瞬目を丸くして、それから困ったように「ミウにはかなわねえな」なんて肩をすくめた。

私が妬くのはノガミくんが女の子に囲まれている時くらいだよ、なんて言ったら、どんな顔をするかな。

きっとノガミくんのことだ、照れて顔を隠すに違いない。

想像したらなんだか笑ってしまう。

「俺さ」

私がひとりで頬をゆるめている間に、ノガミくんは開いた窓から身を乗りだして外を見ていた。

帰っていく同じ卒業生や、それを見送る先生たちの背中が見える。白いカーテンが風になびいて、私たちを包んでしまいそうだった。

「たぶん、ミウが思ってるよりも全然余裕ねえと思う」

「……余裕？」

「正直、これから別の道を歩んでいくのがさ、すっげえ不安だよ。それこそ、先輩と同じ大学に通うってことそれ自体に、今でもすげえ妬いてる」

子どもっぽくてごめんな、とつけ足して、ノガミくんが私のほうを見た。私はそのきれいな瞳を見つめ返す。

「でも、それ以上にミウの描く色が好きだから。……一番に応援してやりたい」

「ノガミくん……」

何度、ノガミくんのこの言葉に救われてきたんだろう。

まっすぐに、『ミウの描く色が好きだ』と言ってくれるノガミくんのおかげで、私は絵を描いていられるのかもしれない。

「そんなの、私だってだよ。……ノガミくんとはこれから違う道を歩んでいくんだって思うと、すごく不安にもなる。でもね、勉強がんばってきたノガミくんのこと知ってるから……私も、これからもずっと、隣で応援していたいって思うよ」

そして、そんなきみをずっと好きでいる自信が、私にはあるよ。

「俺さ、本当はずっと、ミウのことうらやましかったのかもしれない」

「うらやましい？」

「ミウみたいに真剣になれるものなんて、俺にはなかったから。……ミウが絵を描いてる隣でずっと、俺にはなにができるんだろうって思ってた」

四月にカナとノガミくんが部活をやめたあと、ふたりが勉強をがんばっている間、私は絵を描いてばかりいた。

好きな色を好きなだけ重ねてできる、その時その瞬間でしか描けないものを。

……ノガミくんはいつも、完成した絵を見て目を輝かせていたな。私、それがすごくうれしかったんだ。

「私は、ノガミくんの好きな物に対するまっすぐさに、いつも救われていたんだと思う」

面と向かってノガミくんの目を見つめてそう言うと、碧色のその瞳が一瞬大きく見開かれて、それからふと、口もとがゆるんだ。

そんなノガミくんを見て、私まで笑顔になる。

「はは、なんか私たち、やっぱり似てるのかも」

「ほんと、俺さ、ミウに出会って初めて、運命って存在するんだって思った」

「なにそれ。ノガミくんって案外ロマンチストなんだ」

「おい、人が真剣に言ってるのに笑ってんなよ」

そう言いながら、私もノガミくんも笑う。

目元に涙がたまるくらい。なにがおかしいのかなんて全然わからないんだけれど、
ノガミくんが笑うと私もつられて笑顔になるんだ。

それって、すごい幸せなことじゃないかなあ。

「……ねえノガミくん」

「うん？」

「私、高校最後にノガミくんとしたいことがあるんだけど、いいかな」

私の言葉に、ノガミくんは目を細めて笑った。

『あたりまえ』って、そう言って。

「よし、じゃあ……やるか」

ノガミくんの言葉にゆっくりうなずく。目の前に広げられた大きな紙。右手には柄の部分がはげた平筆、左手にはところどころ欠けてよごれたパレット。自分の画材道具はとっくに家に持ち帰ってしまっていたものだから、美術準備室からあるだけの絵の具とそれらを引っ張り出してきた。

普段私が使うのは油絵の具にキャンバスだけれど、今は水彩絵の具に真っ白な紙で十分だ。

……あの時と同じ。文化祭に向けて、色を重ねた時。ノガミくんを想って、絵を描いた時。

ノガミくんに『一緒に絵を描きたい』と言ったら、ちょっと驚いた顔をした。けれどすぐに頬をゆるませて、『いいよ、描こう』って言ってくれたんだ。

「じゃあ、私からね」

バン、と。大きな平筆で真っ白なその世界に、赤とオレンジを混ぜたような朱色を大きく落とした。

ノガミくんは私のほうを見てニヤリと笑う。そしてなにも言わずに、今度は黄色を混ぜた鮮やかなグリーンをそれに重なるようにバン、と落とした。

言葉はいらなかった。

ノガミくんも私も、自然と笑いながら夢中になって色を重ねた。

あるだけの絵の具を出しておいたおかげで、ふたりとも好きなように好きな色を作って。細筆で線を引いたり、手のひらでベタ塗をしたり、水を多く含めて薄めたり。

筆を濡らす水の音と、紙をたたくバン、という響き。真っ白だった世界が色鮮やかに変化していく、この瞬間。

──私が、一番幸福だと感じるこの時間。

ずっと、ノガミくんがどんな世界を見ているのか知りたかった。

彼が身にまとう派手な色たちがとても素敵で、それらを選ぶノガミくんの色彩感覚に一度でいいから触れてみたかった。

ノガミくんがどんな色を選んで、どんな色を混ぜて、どんな色を重ねるのか、ずっとずっと見てみたかった。

それが今、目の前にある。

それも、私が見ている色の世界と、ノガミくんが見ているそれが重なった、ほかにどこにも存在しない唯一の絵。

──きっと、世界で一番色鮮やかな絵。

あたたかみのある暖色と、それに覆いかぶさるように重ねられた寒色。まるで太陽の光を風がさらってゆくような構図。ノガミくんの瞳にも似た碧色に黄色とグリーンの寒色の線が、丸く渦《うず》を巻くように描かれた朱色ベースの暖色を包んでゆく。

様々な色を、ありったけの色を詰めこんだはずなのに、それらがなぜかしっくりとなじんで目に飛びこんでくる。

「……ノガミくん」

私が手を止めたのと同時に、ノガミくんも手を止めた。

……きっと、私と同じことを思ったんだろう。まるで色が私たちの想いを描いてくれているかのように思いが通じあった気がした。

「すごいな。……すごい、すごく素敵だ」

私の言葉に、ノガミくんもゆっくりとうなずく。そして、私のほうを見て笑った。

「はは、ここ、ついてる」

腕を伸ばして、手の甲で私の頬を拭う。けれど、ノガミくんだって絵の具だらけだ。

「ノガミくんだって」

私もお返しにと、背の高いノガミくんに手を伸ばしたけれど頬に届かず、逆に手についていた絵の具をノガミくんの顎《あご》のあたりにつけてしまった。

「なにしてんだよ」

「だって、頬っぺたについた絵の具とろうと思って」

「とれるどころかつけてるじゃねえか」

ノガミくんはそう言って笑う。私もつられて笑う。

いつもと違ってめずらしくきちんと制服を着ていたのに、絵の具でよごれてしまった。

カラフルに彩られたそれはいつものノガミくんみたいだ。やっぱり、ノガミくんにはこのほうが合ってる。

「あーあ、制服よごれちゃったな」

「ね、今日で着るの最後なのに」

「まあでも、これも思い出だろ」

絵の具や水で濡れた制服をパタパタと乾かしていると、ノガミくんがふと思い出したように声を発した。

「ミウ、ちょっと待ってて」

「え?」

私が返事をしないうちに、ノガミくんは歩いて美術室を出ていった。

突然どうしたんだろうと思いながら、しゃがみこんで一回大きく息を吸う。それから、静かなこの空間をぐるりと見回してみた。

目の前にある、私とノガミくんが色を重ねた絵と、絵の具でよごれた頬と制服。

使った絵の具たちとよごれたパレット。

美術室の少しホコリっぽい感じと、かびくさいにおい。

風になびくカーテンと、差しこむ太陽の光。大きな黒板の横にある準備室への扉。

よく居眠りをしてしまう古びたソファ。

カナやノガミくんと雑談をする時に座った、大きな机と椅子。

後輩たちの絵が描かれたキャンバス、使っていないイーゼル。

そして、タケちゃんがいちばん目立つ場所に飾ってくれた私の『世界』という絵。

ここでノガミくんと出会って、ここでノガミくんに救われた。

私たちの、大切な場所。

思い出したら涙がこみ上げてきそうなんだけれど、帰ってきたノガミくんにそれを見られるのはなんだか恥ずかしくて我慢する。すると。

「――ミウ」

聞き慣れた、優しくてあたたかいノガミくんの私を呼ぶ声が、聞こえた。

私はゆっくりと振り返る。まるでスローモーションのように、ノガミくんが満面の笑みを浮かべた瞬間をこの目にとらえてしまった。

「卒業おめでとう」

両腕に大きな花束を抱えたノガミくんが、そこに立っていて。

「ノガミくん、これ……」

「はは、なんつー顔してんだよ」

笑いながら近づいてくるノガミくんと、色とりどりの花束を見て我慢していたものが一気にこみ上げてきた。そんな、泣きそうな私の顔を見てノガミくんはさらに笑う。

そして、私の両腕じゃ抱えきれないようなその大きな花束を差し出した。

「これからも、ミウの隣でミウが描く絵を見ていたい」

「うん……」

「卒業しても、俺が誰よりもミウのことが好きだってことは変わらないから」

すき通る湖のような、雨が降る前の空のような、少し青みがかった透明感のある深い緑色をしたノガミくんの瞳が、まっすぐに私だけを映していて。

……初めて告白された時みたいだと思った。

ノガミくんは、いつもストレートに想いをきちんと伝えてくれる。そんなきみのことが、私は誰よりも。

「ノガミくん、大好き」

「え？」

「私ね、誰よりも、ノガミくんのこと好きな自信あるよ。……世界で一番、ノガミくんのことが好きだよ」

にじむ視界の中で、余裕を見せて笑っていたノガミくんの頬が赤くなったのがわかった。ノガミくんって案外照れ屋さんなんだ。

自分が好きだというのは簡単に言うくせに、私が言葉にするととても照れる。そういうところも、かわいいなんて思ってしまうんだけれど。

「いやそれは、まじで勘弁……」

「勘弁ってなに、ノガミくんの馬鹿」

「いやちげえって、心臓もたないからいきなりはやめろって意味だろ、わかれよ」

「わかんないよ！」

半泣きでそう言うと、ノガミくんの頬がゆるむ。そして、花束ごと優しく抱きしめられた。文化祭のあの日、私が描いた絵ごと抱きしめた時のように。

「……俺も、世界で一番ミウのことが好きだ」

その言葉にまた泣きそうになりながら、ぎゅっとノガミくんにしがみついて返事をする。こんなの、泣くなって言うほうが無理だよ。

卒業して、違う道を歩むことになって、今ある幸せが当たり前じゃなくなる日がくるかもしれない。なかなか会えなくてすれ違うことも、意見が食い違ってケンカすることだってあるかもしれない。

だけどきっと、ノガミくんとなら全部乗り越えられるって、胸を張って言うことができるよ。

だって、私を救ってくれたきみの手を、私はもう二度と離したくないって強く思うから。

「今まで、ありがとう。そして、これからもずっとよろしくね、ノガミくん」

そう言うと、私を抱きしめるノガミくんの力がぎゅっと強くなった。私はそっとノガミくんに頬をすりよせる。

薄目を開くと、ノガミくんの後ろに私たちが描いた、世界で一番色鮮やかな絵が見えて。

——ああ、やっぱり、きみに恋をしてよかった。

ポケットにしまったハヅキ先輩からの手紙を思い出す。絵を描かない期間、ずっと考えていたハヅキ先輩のことを、忘れるでもなく、憎むわけでもなく、いい思い出として自分の中にしまっておくことができるようになった。

全部、ノガミくんのおかげだ。

ノガミくんのことを、心から好きだって思うおかげだ。

ノガミくんに負けないくらいぎゅっと腕に力を入れる。

そうしたら、耳もとでノガミくんが優しい声でささやいた。

「ミウに、恋をしてよかった」って。

Fin.

Afterstory 2
（カナ）

「タケちゃんって、本当はすごく周りを見てくれているいい先生よね」

古びた本棚に年季の入った資料がずらりと並ぶ社会科準備室は、タケちゃん専用部屋と化している。

タケちゃんは、もう何年もこの学校に勤めているから、自然にそうなったんだろう。在学中何度もここへ足を運んだけれど、いつ来てもホコリっぽいのが難点だと思う。タケちゃんが出してくれる紅茶とお菓子はいつもすごくおいしいのだけれど。

「それを言うならハルヒもずいぶんと周りを見て行動できる奴だと思うけどなあ」

はっはっは、と豪快に笑うタケちゃんに苦笑いを浮かべながら、手もとにあった美術に関する本を手に取ってみる。

「……タケちゃんがノガミを連れてきたこと、私すごい感謝してるの」

三月、卒業式。

まだ寒さの残るこの季節。ストーブのついた部屋なのに肌寒さを少し感じる。ストーブつけたばっかりなのかな。

最後のHRの後、ノガミに気を遣ってミウを誘うのはやめて家に帰ろうと思ったのだけれど、どうせなら最後にタケちゃんと話をしたいと思ったのだ。

それに、一緒に写真を撮ってくれと後輩やクラスメイトに頼まれるのを断るのも面倒くさくて、どこかに逃げこみたい気分だったし。

「はは、まあ一種の賭けでもあったんだけどなあ」

タケちゃんがノガミを美術部に連れてきたのは、やっぱりミウのためだっていうのが大きいんだろう。

タケちゃんは詳しいことはなにも言わないけれど、ノガミならミウを救ってくれるんじゃないかって、一緒に過ごしているうちに私も感じていたから。

「ミウがもう一度描けるようになるのを、私ずっと待ってたの。……タケちゃんもそうでしょう？」

タケちゃんが優しい目をして私を見る。そして、ゆっくりとうなずいた。

・

美術部全員でコンクール会場に向かったあの日。私は初めてミウの『世界』という絵を見た。

あの時のことを、私はもちろん、あの場にいた全員が鮮明に覚えているだろう。

——それは、まるで大きな波にのみこまれてしまうような衝撃だった。

誰もミウの完成した絵を見ていなかったものだから、気づかなかっただろうけれど。

……私にはわかった。それがミウの描いた絵だって。直感だった。

私が美術部に入ったのは、絵を描くのが好きだからとか、美術に興味があるからとかそんな正当な理由じゃなかった。

ただ、どこかの部活に所属しておいたほうが先生達からの評価もあがるだろうし、進学にも有利だと思ったから。勉強に差しつかえのないような、楽できそうな部活を選んだだけだった。

けれどそこで、ミウと出会って。もともとこのキツい性格のせいで友達があまりいなかった私だけれど、ミウはそんなのおかまいなしに私と友達になろうとしてくれた。それが本当はすごくうれしかったんだ。

いつも、絵を描くミウの横にいた。

クラスも同じで、そのうちなんでも話せる仲になって。こんな私のことを、ミウはいつも受け入れてくれた。そして。

――一生懸命に、真剣に色を重ねるミウに、本当はずっと憧れていたんだと思う。私にはそんなに真剣になれるものがひとつもなかったから。ミウが絵を描いている姿がキラキラと光って見えて、とてもまぶしかった。

あの日、様子のおかしいミウを見て、疑いは確信に変わった。

けれど、それがくつがえされることはなくて。

だって、ふたりの絵が入れ替わっているだなんて誰も思わなかった。

それに、ミウもハヅキ先輩も、『これは自分の絵じゃない』とひと言も主張しなかったのだ。

ミウが絵を描かなくなってから。美術部の先輩たちが卒業して、引退して、ふたりだけになって。

……ずっと隣でミウを見てきたからこそ、ミウが一番輝いているのは絵を描いている時だって知っていた。

だから、ミウが再び描けるようになるまで、ずっと隣で見守ろうと思っていたんだ。

そこに連れてこられたのが、――あの派手で奇抜な見た目の、ミウの絵を形にしたようなノガミ。

「ハルヒが毎日欠かさず準備室の鍵を借りにくるから。俺も負けてられないと思ったよ」

「なにそれ、勝負じゃないんだから」

ミウがいつ『もう一度絵を描きたい』と思ってもいいように、毎日朝一番にタケちゃんのところへ準備室の鍵を借りにいって、帰りはミウより少し早く美術室を出て鍵を返しにきた。

そのたびに、タケちゃんとはいろんな話をしたんだ。

「でもね、結局……タケちゃんも私も、ミウの絵の虜《とりこ》だったのかもしれないね」

「はは、ノヤマの絵の虜、か。……それは否定できんなあ」

ふと窓の外を見る。帰っていく同じ卒業生の背中。その中に、見覚えのある姿が見えた。きれいな黒髪と眠そうな目。文化祭を合同で手伝ってくれた宮瀬くんだろう。

その隣には、泣きそうな顔で彼に詰めよるアイコちゃんの姿も見える。

「懐かしいなあ、あの文化祭の日が一年以上前のことなんて信じられない」

「……ノヤマが再び絵を描くようになったのは、ノガミの存在ももちろん大きいと思うが」

こほん、と一回大きく咳ばらいをしたタケちゃんのほうにゆっくりと視線を向けると、いつも私たちを見守ってくれていたその優しい瞳で私のことを見ていた。

「ハルヒがいつもノヤマのことを支えてくれていたからだろう。俺はそれに、すごく感謝しているよ」

ああ、馬鹿だな。卒業式も、最後のクラスHRも涙なんて出なかったのに。タケちゃんのこんな言葉ひとつで、胸が熱くなっているなんて。

「──私、ずっとミウに憧れてた。友達としても、ひとりの芸術者としても、ミウに救われたことが多くて。……私、ちゃんとミウの支えになれてたのかな」

普段ならこんな弱音を吐かないけれど、ずっと見ていてくれたタケちゃんだからこそ、目の前で泣くことができるんだと思う。

「ああ、当たり前だろう。だってお前たち、ずっと一緒にいたじゃないか」

ずるいな。ずっと私たちのことを見てくれていたタケちゃんにそんなふうに言われたら、否定できないね。

……私、ちゃんとミウのためになれていたのかな。

「……そろそろ、あいつらが来る気がするな」

タケちゃんが笑って腕時計を見る。

あいつら、が『ミウとノガミ』をさしているのはわかっているけれど、そんなことまでわかってしまうのかと思うと感心する。教師というのは侮れないものだ。

「あ、ほんとだ……声、する」

遠くのほうから走ってくるような足音。

そして、聞きなれたふたりの笑い声。

……ミウには『勉強するから先に帰る』と言って気を利かせたつもりだったのに、ここに来るなんて予想外だ。

けれど、こういうのもきっと悪くない。

「ハルヒ、後期の試験残ってるんだろう。……お前なら絶対に大丈夫だから、自信もって行ってこいよ」

「うん、わかってる」

「はは、お前らみたいな手のかかる生徒がいなくなると思うと、少し寂しいけどな」

ほんのあと少し。ふたりの足音と笑い声がすぐそこまで迫っている。

「タケちゃん、本当に……今までありがとう」

「ああ、礼を言うのはこっちもだけどな。……卒業おめでとう。三年間お前らの顧問をやれて、俺も学ぶことが多かったよ。本当にありがとうな」

タケちゃんがそう言って笑うから。

私も泣くのをぐっとこらえて笑顔をつくる。それと同時に、ガラリと勢いよく扉が開いて、見なれたふたりが顔をのぞかせた。

「タケちゃん見て！　これノガミくんと私で描いたの——ってあれ？　カナ？」

ミウが持っているその、色鮮やかな紙を見てまた涙がこみ上げてきた。ふたりで描いただなんて、本当に馬鹿だなあ。けれどとてもいとおしい。

不思議そうに私を見つめるふたりを見て、私は笑って言う。

「——ノガミとミウって、運命のふたりだね」

ふたりは顔を見合わせて満面の笑みを浮かべると、それから私を見てうれしそうに笑った。

Fin.

あとがき

お久しぶりですの方も、初めましての方もこんにちは。野々原 苺です。数ある本の中から、「世界はきみに恋をしている。」を手に取ってくださり、本当にありがとうございます。

実は書籍化させていただくのは三年ぶりでして（しかも一作目を出したときは高校生でした）、かなり緊張しています。思えばこの作品を書いていた時、私は大学受験を控えた受験生でした。あの頃、自分が何をしたいのか、何になりたいのか、自分でも全然わからなくて悩んでいたことを覚えています。高校三年間、部活ばかりやってきた自分にはこれといった特技もなく、頭がいいわけでもなく、一体何のために勉強して、何のために大学に行くのだろう？と毎日考えていたのです。そんな時、ふと手にとったスマホで何の考えもなく綴りだしたのがこの「世界はきみに恋をしている。」でした。今思えば、勉強からの現実逃避に過ぎなかったかもしれません。けれど、あの時の自分にとって文章を綴るということが憂鬱な日々から抜け出せる唯一の楽しみだったのです。

あの頃、いつもミウとノガミのことを考えていました。そして、気づいたことがあります。何もない私が、唯一胸を張って「これをしたい」と言えること。それは、こうやって物語を生んで、誰かに読んでもらいたいということでした。

作中でノガミが「自分の好きなことに正直でありたい」と言うシーンがありますが、実は書籍化に伴い付け足した台詞です。そして、あれはまるっきり私がノガミやミウから学んだことなのです。

勉強をしなくてはいけない時期に何をしているんだ、と思われるかもしれませんが、あの時必死に書いていた文章がこうやって本になって皆さんにお届けできたと考えると、中々感慨深いと思いませんか。しかも、自分の子たちが絵になって動いている！これは感動ものです。本当に、人生何があるかわからないものです。

最後になりますが、こんな素敵な機会を再びくださったスターツ出版の皆さま、ミウとノガミのことをたくさん考えてくださった担当編集の飯野さま、佐々木さま、イメージ通りの素敵なイラストを描いてくださったピスタさま、その他この本に携わってくださった全ての方へ感謝申し上げます。もちろん、この本を手に取ってくださったあなたさまにも。

本当にありがとうございました。またいつか出逢えますように。

二〇一八年四月二十五日　野々原　苺

この物語はフィクションです。実在の人物、団体等とは一切関係がありません。

野々原苺先生への
ファンレター宛先
〒104-0031　東京都中央区京橋1-3-1　八重洲口大栄ビル7F
スターツ出版（株）書籍編集部気付　野々原苺先生

世界はきみに恋をしている。

2018年4月25日　初版第1刷発行

著　者　野々原苺　©Ichigo Nonohara 2018

発行人　松島滋

イラスト　ピスタ

デザイン　齋藤知恵子

DTP　朝日メディアインターナショナル株式会社

編　集　飯野理美
佐々木かづ

発行所　スターツ出版株式会社
〒104-0031
東京都中央区京橋1-3-1 八重洲口大栄ビル7F
TEL 販売部03-6202-0386（ご注文等に関するお問い合わせ）
http://starts-pub.jp/

印刷所　共同印刷株式会社
Printed in Japan

乱丁・落丁などの不良品はお取り替えいたします。
上記販売部までお問い合わせください。
本書を無断で複写することは、著作権法により禁じられています。
定価はカバーに記載されています。
ISBN 978-4-8137-0445-4　C0193

恋するキミのそばに。

♥ 野いちご文庫 ♥

可愛い
カラーマンガ
つき！

365日、君をずっと想うから。

SELEN《セレン》・著

本体：590円＋税

彼が未来から来た切ない
理由って…？
蓮の秘密と一途な想いに、
泣きキュンが止まらない！

イラスト：雨宮うり

ISBN：978-4-8137-0229-0

高2の花は見知らぬチャラいイケメン・蓮に弱みを握られ、言いなりになることを約束されられてしまう。さらに、「俺、未来から来たんだよ」と信じられないことを告げられて!? 意地悪だけど優しい蓮に惹かれていく花。しかし、蓮の命令には悲しい秘密があった ──。蓮がタイムリープした理由とは？ ラストは号泣のうるきゅんラブ!!

感動の声が、たくさん届いています！

こんなに泣いた小説は
初めてでした…
たくさんの小説を
読んできましたが
1番心から感動しました
／三日月恵さん

こちらの作品一日で
読破してしまいました（笑）
ラストは号泣しながら読んで
ました。°(´つω･`。)°
切ない……
／田山麻雪深さん

1回読んだら
止まらなくなって
こんな時間に!!
もう涙と鼻水が止まらなく
息ができない(涙)
／サーチャンさん

恋するキミのそばに。

♥野いちご文庫♥

感動のラストに大号泣

本当は、何もかも話してしまいたい。
でも、きみを失うのが怖い──。

おはよう、きみが好きです。

The message I want to tell you first when I wake up

涙鳴《るいな》・著

本体：610円＋税

イラスト：埜生

ISBN：978-4-8137-0324-2

高校生の泪は、“過眠症”のため、保健室登校をしている。１日のほとんどを寝て過ごしてしまうこともあり、友達を作ることができずにいた。しかし、ひょんなことからチャラ男で人気者の八雲と友達になる。最初は警戒していた泪だったが、八雲の優しさに触れ、惹かれていく。だけど、過去、病気のせいで傷ついた経験から、八雲に自分の秘密を打ち明けることができなくて……。ラスト、恋の奇跡に涙が溢れる──。

感動の声が、たくさん届いています！

何度も何度も
泣きそうになって、
すごく面白かったです！
（♡Haruka♡さん）

八雲の一途さに
キュンキュン来ました!!
私もこんなに
愛されたい…
（捺聖さん）

タイトルの
意味を知って、
涙が出てきました。
（Ceol_Luceさん）

恋するキミのそばに。

♥野いちご文庫♥

それぞれの片想いに涙!!

早く俺を、好きになれ。

「ずっと、お前しか見てねーよ」
照れくさそうに笑うキミに、
私はいつからドキドキしてたのかな…？

miNato《ミナト》・著

本体：600円＋税

イラスト：池田春香

ISBN：978-4-8137-0308-2

高２の咲彩は同じクラスの武富君が好き。彼女がいると知りながらも諦めることができず、切ない片想いをしていた咲彩だけど、ある日、隣の席の虎ちゃんから告白をされて驚く。バスケ部エースの虎ちゃんは、見た目はチャラいけど意外とマジメ。昔から仲のいい友達で、お互いに意識なんてしてないと思っていたから、戸惑いを隠せず、ぎくしゃくするようになってしまって…。

感動の声が、たくさん届いています！

虎ちゃんの何気ない優しさとか、恋心にキュン♡ッッとしました。
(*プチケーキ*さん)

切ないけれど、それ以上に可愛くて爽やかなお話し
(かなさん)

一途男子ってすごい大好きです!!
(青竜さん)